理想家庭

賴志穎 著

謹將此書獻給陳牧宏先生。

目次

0 前言

《理想家庭》出版自序

魏雨繆

這部長篇小說本來應該更早問市的，六年前初稿完成後，補補綽綽中，卻又斷續出版了兩本電子書，包括一本短篇小說和一本散文集，因此，這本應該是我第三本的著作硬是被推遲成第五本，爲了表示這本著作的寫作年代紙本書仍然還算盛行，也爲了表示對這本作品的格外重視，我選擇以紙本的形式出版，希望在這個凡事都講求數位化的時代能稍微留享受一下離開各種螢光屏幕構成的世界，並且感受一下翻書時，那微微空氣流劃過臉頰皮膚所能感受的古老震動。

這六年中，得感謝我的家人和朋友的支持，我的弟弟雲天和姪女妍齡一直是我心靈上最好的忘憂草，能讓我在寫作的困頓時刻感到溫暖。朋友們則針對了這本小說給了我許多寶貴的意見，包括替我寫序的呂翰璋，都早就讀過了最初的版本，褒貶不一是讓我持續修改的重要理由之一，我希望這部作品至少能先說服我的朋友，如果連我的朋友們都無法信服的話，我很難期待讀者能如好友賣我的面子那般讀下去。

針對這部小說，我最常遇到朋友的提問就是，如小說主人翁這樣對待原生家庭的情節，不論鋪陳多完美，就現實而言，是很難發生的事。我十分了解這樣的狀況，的確，小說不論多脫離現實都還是要以生活來當基準點，即使是科幻小說也得如此。但我們都曾發出這樣的喟嘆：「某某某發生的事情簡直像是小說裡才能看到的。」如果身邊缺乏這樣稀奇古怪的朋友，偶爾看一下新聞，也可以看到很多意想不到的事情在世界的各個角落發生，我記得多年前就看過在美國發生的一件父親娶女兒，卻在孫子都出生後才搞親楚狀況的新聞。所以這麼說來，沒有什麼事情是不可能的。

小說的可貴之處就在此，所以，當我們在小說中看到反常的事情，才能讓人理直氣壯又安心地說：「哎唷，還好只是小說喔！」

民國一百一十一年九月

1 魏雨繆

我不記得是什麼時候，應是季節交替時，各種人造異象，充塞在這個城市。當時，天空仍滿是晚霞，有些雲朵已散發出灰敗絲綢般質地，街道卻率先進入夜晚，街燈車燈大鳴大放，無視天際殘存的斜陽，一道道純燈光的吵雜瀰漫，壓過眞實的引擎聲。

半人工的原始和現代交錯。若在此時，有什麼驚天動地的事發生，也並不爲過。

如果，曾有這麼一則神話，述說天空的白雲，是天邊一隻巨大的蠶所吐出的絲綢……可惜，在大多數文明得知絲綢的生產方式前，他們早就脫離神話時代了。

我站在辦公大樓樓梯間的大透氣窗內俯看城市，工作的煩惱被拋諸腦後，想像企劃案、結案書、各式各樣的報表，都如九一一事件攻擊後飄落到馬路上的紙張，被來來往往的車流輾碎。的確，這些事情都很重要，但若每件事都很重要，就表示這些都不重要。沒有相對，就沒有絕對。

曹植七步成詩氣勢威猛又婉轉動人，作詩和做企劃一樣，只要表現專業的自信、儀態、說話口氣，最重要的，是誠懇的眼神，就算你遞上的企劃書是描述如何把老闆殺掉的流程，老闆都會眼皮不抬地簽字。

我清楚記得那天，辦公室像個快爆炸的壓力鍋，有人耳朵上夾了三支電話，有人同時進行五份企劃案的審查，有人一面開著公司的會議卻還得同時進行視訊。所有的人都專注在自己的事情上，我是流程中的一環，不停地有資料送交給我，我也得拚命把東西傳給下一個單位，但是，除非螺絲釘鬆掉，否則沒人會注意到螺絲釘的重要。

工作多年，我領悟到，沒有事情是眞正緊急的，多爲庸人自擾。

沒多交代，逕自把資料堆疊整齊，電腦手機關機，拿著外套，從容快步從廁所旁的樓梯離開。我僅稍掩口鼻做爲掩飾，佯裝不太舒服，想到廁所洗把臉，我先掛了通電話，之後，連手提公事包都沒帶走。公事包對我只是上班族的象徵，裡面根本沒裝任何重要的東西，那是給外人看的符號，告訴路人甲乙丙，我可是每天規規矩矩的上班族，我活在每個人心中最固定的藍圖裡。然而公事包對我而言，連一包面紙都比它來得實際。

到了樓梯間，城市凌亂的景象讓我佇足，我從來不知道從這棟大樓看出去的風景是如此淒絕，爲避免產生更多的猶疑，我隨即離開。

放任雙足，我知道他們將行往何處，即使我在路旁的麵包店停留，強迫自己嗅聞那剛出爐的麵包香氣，或是故意搭上反方向的公車，選個不曾去過的站牌落腳，走向商業區的一棟購物商場在名牌服飾前欣羨著那些買得起這些衣服的有錢人，我都無法持久，在城市中的生活養成的習慣，就是無法沒有目的，沒有方向，一旦確立二點成一直線，就必須在最短時間內達成，如有任何獎章是頒發給標準城市居民的，我該受之無愧。

我的目標，是去探望住在城市中心一棟住商混合大樓的母親。

當時，我仍無任何悔意。

對我而言，這無異於觀光。

不同於一般的觀光，有段時間，我著迷於關於島嶼、亞洲的古地圖、古照片，看到那些在空白處、大洋上繪著海神、風神、小天使及妖怪、亞洲各地殖民城市的概況圖、將「U」寫成「V」的拉丁文及那些以現代角度來看十分不精準的疆界輪廓，就會感到困惑及著迷，是基於怎樣的貪婪、榮耀和使命感，使他們可冒著生命危險，搭乘危險不堪的船艦，使用這些不精準的地圖，來到這個在他們的想像中，充滿神話的地域呢？

或許在當時的認知裡，世界是平的呢，不過，在五六百年過後，世界眞的變得平坦無起伏了。

我時常能在那些外國人拍攝的漢人或平埔族的人類學調查照片中，看見熟悉的面容及屋舍。我認爲，人的面孔或許幾年、幾代就會輪一遍，即使輪到的只是某個器官，像耳朵、眼睛或嘴巴。有時，也可在照片中看到某些小丘陵或山峰前方一片荒原，然攝影的當下應無法想像，當初那片荒原，現已全是高樓，並蔓延上山坡。

許多年後，那些因爲現代化而拆去古代樓房的投資客得以平反，我們可依自己的想像，重塑世界的每一個階段，那些消逝，令人懷念的時刻，都將重新印入眼簾。

除了重塑時光，還可以重塑每一個懷念的人，每個人都可以成爲記憶的上帝，重塑每個珍惜、厭惡、感念的亞當夏娃。

當時，這一切都尚未發生。人們順服於命運，無人可重返過去，讓自己活在萬無一失的當下。

每個人，都是自己命運的實驗品和實驗者，如果這些人，不相信上帝，或不相信大自然背後不可言說的那位。

當時，我只能從照片中形塑過去。

我曾經比對過清朝統治末期，和日據初期的照片，母親獨居的這一區，是當年繁榮的邊陲，從各鄉村小鎮移居而來城市定居做生意的人，想必常常到此眺望這臨著繁榮、卻由一段隱沒在不遠處彷彿一座低矮山脈的城牆所圍繞的這一塊雜草灌木叢生的荒地，懷著發財夢想念家鄉。

或許是民族性使然，對這些人而言，沒有比權和錢更大的夢想了，這些夢想說大不大，卻也難以輕易達成，大部分的人最後都成爲一名庸碌之輩如我，因此，我何以嘲笑這些人呢？

如同孩童時期的我，恍惚由身旁大人的生老病死看到未來某部分的自己，在離開人事不知的無慮童年前、在跨入大人的那道丘陵般的界線之前，是一段荒煙蔓草、充滿未知卻又知道疆界的徬徨時期。

我們多容易由科學的角度看待這個世界和自己，自我是個太渺小無知的個體，只好用群體經驗來解釋人的發展和命運。我們是無毛的裸猿，出生、成長，並天眞地以爲，有了第二性徵就是成年人了。因爲後代使前一代的功能萎縮，大自然中，後代成熟前就死亡的物種不勝枚舉，人利用各種手段，延長自己的壽命，苟活於天地間，於是衍伸出了許多擁有後代後，還得繼續苦惱的問題。

物極必反，現在甚至時興，無後。

這都太簡單了。童年繁華的街區，將會在未來如何變形、頹圮、傾倒、風化、重建，是沒有任何標準可循的，那條成人的界線如城牆，在攝影的當下，怎知將來被日本人拆除的命運？城裡城外，就這樣模糊了。成長於都市的我無法如同父母那輩，可以用到城市或到外地工作念書來區分自己的成長。

沒有邊界沒有邊界，那個曾經以爲如電燈開關那樣分明的疆界，究竟跑到哪裡了？

仍可用科學解釋：幼態持續。發生於水生蠑螈，牠們不須離水，用鰓呼吸一輩子，卻擁有生殖能力，不像青蛙需要經由蝌蚪變態才能成熟。我無法躍過那關鍵的城牆，因為，我注定永遠在城牆裡居住，城外，已無我容身之處。

更挖苦的是：返祖現象。我迷戀上我不曾活過的年代，時間溶解在血液中流傳給下一代。

我的名字充滿古意，魏雨繆，是我外祖父的主意，我那具有毀滅性格的祖父在我出生前就去世了，我的祖母不識字，當我出世時，取名的責任，便落到了外家，他的前半生迷戀章回小說，後來卻把章回小說忘得精光，腦中只剩下金庸、古龍筆下的人物情結，他著迷於那些看起來頗厲害的名字，如「無忌」、「無缺」、「春秋」、「莫愁」，身負取名任務後幾天，我的名字便這麼定下，結合了我的姓氏，天衣無縫，這名字彷彿是對我人生的一種告誡，除了圓了他的武俠夢，還刻意調侃了我的父母。很久之後才從我兄長口中得知，自己是在某種不可靠的安全行為後被發現受孕的。父親從小則和我說，凡事都要留退路，我的名字就是可攜式警語。

即使我的到來給家庭帶來不少話題，我仍覺得自己很多餘，我已經有兩個大我十幾歲的姊姊和哥哥了，說白一點，我連傳宗接代的壓力都沒有。總之，這個期許我走一步要遲疑十步的名字，就這樣跟定我，也爲我脫離長輩的期待搭好一塊反作用力跳板，得以在危顫顫走上去之後，毫無眷戀地往下跳，從此走一步躍十步。在被龐大的悔恨眷顧之後，未來已經沒什麼値得思考了。

因爲迷上老照片，到母親獨居那區的頻率增加，我時常拿起相機，執著從照片上的角度，拍攝現在的街景，回家後再慢慢比對兩者的差異。我著迷於斷裂的時間，並由衷歡喜在街上觸摸偶爾看到從日據時代保留至今的建築，它們遲早會面臨拆毀或改建的命運，但我並不想阻止這件事的發生，我安於停滯於我的相本的形貌，甚至期待它們的毀滅。我得以拿起相片對著怪手及砂石車哀悼見證毀滅的建築。

直到那時，我對於現實的毀滅，還抱持著天眞的感受，若無法創造耽美的事物，毀滅是另一種選擇，創造期待永恆，毀滅只求一瞬。我堅信，只有焚城暴君尼祿，能感受到我所感受的。

我是毀滅的淫媒，介紹毀滅給世界，卻佯裝知書達禮。儒家說，修身，持家，治國，平天下。我的理想是毀身以敗家，最終的實驗結果沒有鏡象，我無法料到，世界傾圮分化是如此之迅速。

我刻意用黑白底片攝影，有人說，富想像力之人的夢境是彩色的，缺乏想像力，夢境則爲黑白。然而我當時堅信，已存在的事物，並不存在想像的空間，和所有古代的照片一般（即使那些照片本應潔白的地方已泛黃），我只要確定，確定，再確定，那已無改變的可能。

某次攝影的當下，我遠遠發現母親朝我的方向走來，她自顧自埋首於隨身聽的世界裡搖頭晃腦，應是學習語文的錄音吧，我冷漠別過頭，隱藏在腳踏車摩托車攤販充斥的騎樓廊柱下，即使我在變色龍般隱沒自己的眼神和形體之前，看到騎樓的天花板角落，一對燕子，正哺育著無飽期探出巢的稚氣黃口。

這都無法改變我的計畫，因爲木已成舟，我已改變鐵軌的轉閥，讓所有的人陪我衝向另一個生死未卜的目的地。

離開公司前那通電話是撥給母親的，她在，也沒旁人，這是可預期的，她身邊除了我，還能有誰？我知道，那些忙碌的同事，遲早會發現我的離去，閒言閒語和他們因空調而失調的唾液一樣黏稠，誰叫我待的是日系的公司，是性喜吞食員工所有的時間、空間、健康及理想的無饜饕餮，即使無事，也不得在正式的下班時間準時離開。

到達那棟灰色大樓時，在我腦海中拼貼出的，是清末沿著這條街兩旁用火庫起式樣支撐的兩層騎樓式房舍以及日據時代改建的有各式西洋風格山頭的牌樓厝，兩種式樣的幽魂在我眼前飄忽而過，反倒是眼前這棟笨重又骯髒的大樓過於虛幻，不知道是怎樣的教養讓人建出如此醜惡的怪物，更醜惡的是還有人在裡面工作、居住。唯有放逐自我之人，才能那麼不在乎吧。

母親。

和聽平劇吃晚餐的管理員點個頭後，我走進老舊的電梯。我買了兩個便當，母親照例不會在我面前吃我帶的東西，她需要的，是徹底的切割。往後每當在我洗澡面對自己的肚臍時，常會因此悲慟莫名，不過，當時連這種情緒都還不曾降臨。那時我所在意的是，僅買一個便當讓我困窘，我總是拎兩個，她不吃，我就留下來讓她處理。

母親不但放逐了自己，也放逐了自己的年齡。一扇扇門羅列在散發青紫日光燈的走廊兩旁，母親那間外面的鐵門總是維持粉刷初期的光潔，門一如往常虛掩，後面的厚重木門也沒上鎖，我推門而入。

已經透入靛青色天光的客廳角落，母親坐在家裡帶來的安樂椅上迎著昏黃立燈，慢慢地、一個個字念著書上的單字。從我不算小的關門聲中，她必定知道我來了，她的聽覺仍完好如初，但沒有招呼的意思，頭更沒抬，仍然專心於她的語言世界。

（如果開門的是陌生人，是否得以輕易潛入謀財害命？）

（抑或，在她心中的某個角落，期盼闖入某個預期之外的人，讓她不需耗用自己的勇氣，就可直接跨入另外一個軌道，無論那軌道是好是壞是正經是瘋狂？）

（還是她僅僅期望，有個導演走進來喊「卡」，和她說所有之前發生的事情，全都是唬人的，她演完了，可以走了。）

（假設如此，導演難道沒有進這扇門的鑰匙嗎？還需要她留個縫讓他方便進入？）

「要不要吃東西？」我說，母親搖頭說「No」，我只是隨便問問。之後，我便獨自打開便當吃了起來。

「還在學西班牙文嗎？」母親點頭說「Sí」。

母親居住的這棟大樓裡有一間語文學習中心，那裡除了英文沒有（因爲坊間已經太多這種補習班了），歐洲的語言從東到西，包括俄文、德文、法文、義大利文、西班牙文、葡萄牙文都有教，亞洲語言也包括了日文、泰文和印尼文、越南文，這家補習班，聽說生意愈來愈好，因爲愈來愈多人有外語的需求，雇主國總是希望自己和傭人溝通時，不需要透過第二種語言。我也聽說，母親常常穿著睡衣拖鞋就這樣去上課，大家也很習慣。母親的生活圈，不外乎語文中心、樓下的便利商店、一條街外的郵局、傳統市場以及遠一點的超級市場，此外沒聽說她會遠去什麼地方。

這已經是她在語言中心學習的第三種語言了，前兩種是日文和法文，學一學就轉成另一種語言。每當問她話時，她就會牙牙學語般，用那破碎不標準的外國語，進行簡單的溝通，常有的情況是，母親在支支吾吾說出一連串斷裂的生字後，陰著臉，說起中文來，再陷入長長的沉默。這時就知道，該走了。

稍微噓寒問暖是在母親家少數能做的事。此外，把她只有兩間房間的公寓稍微巡視一遍，看看之前送她的小盆景死活（枯了就順手扔了）之後，就是坐在安樂椅旁邊的地上（沒有其他椅子了），枕著她的大腿，要她教我一些新的單字。

我只須跟著複述，不用看她手邊的書，因爲三個月前和她學過的字到現在還沒背起來，而我已滾瓜爛熟，卻還要裝作一副什麼都不懂的樣子學習。

因爲，這就只是一樁實驗，我必須扮演好實驗中的角色，錯不在我，當然，母親也尙未發覺。

彷彿初生的嬰兒重新投胎，重新在充滿未知語言的環境中摸索，從中推演出文法和邏輯，進而和人溝通。

然而，她總是在學到可以說出幾句完整的話時，便戛然而止，開始另一種語言的學習。

和那些即將要前往國外工作的人同步，因爲，一同起步的同學，在學到這個階段後，其語言能力就會被認可，並在補習班主任同學的滿心祝福下，帶著字典前往國外，放牛吃草。

只剩母親和零星同學的班，總是被迫暫停。進階班，往往是在他們把初級班的語言幾乎全部忘掉時，才能將人數湊成開班的規模。

這種湊巧卻是母親要的。我暗自覺得，她試圖以幼稚的語言溝通返回嬰兒時代，衰老的生理機能誠實地框住她的手腳，卻也讓她的理解始終保持在最低限的狀態。破碎的言語，讓所有人都可以友善地傾聽。

愈慢愈好，童年可無限延長，這是母親的幼態持續或返祖。看過外語學習的過程嗎？在初學時，老師誇張的手勢表情，以及放慢的聲調動作多無邪、多親切，晉級了，老師的表情就會愈來愈接近他們年齡該有的嚴肅成熟，如果能永遠待在初級班，那就可以保有嬰兒的任性，沒有人會因她無法表達而責備她，她所有不通人情的話語都可視爲理所當然。

陌生人的溫暖最直接有效，沒有一連串念珠般因果輪迴的包袱，沒有利益，沒有血緣，沒有親情。因爲禮貌，所以施捨，有施捨，就有溫暖，也因爲陌生，而不用顧慮情面。

陪她念一段生字和句子之後我就會離去，門照舊不需上鎖，虛掩，彷彿等待下一位訪客。母親需要的不是我，她甚至不需要看到我，這是我僅能對她做的少數事情之一。

那時我還是一名業餘的寫作者，偶爾在提早回家的夜晚或不想出家門的周末，花點時間埋首寫作，不過我知道，我最用力的那部作品，已經在我大學時悄悄發酵，準備等著寫出來而已。

很矛盾的歷程。我要逃離墮落的索多瑪又眷戀著那地方，我不停回頭，發現除了我之外，身邊每個伴隨著的人，都因我的回首而成鹽柱，我既歉疚又欣喜，並無法克制地沾著那些珍貴的鹽品嘗。

當時，我就在這樣一個狂喜的階段無法自拔。

我的手是好奇的潘朵拉，開啓那箱吸引人的盒子，後來，所有的不幸都被釋放了，我卻連潘朵拉留下的「希望」也沒辦法抓住。

離開大樓時，我望了望天，視線掃過母親的窗戶，天色已全然暗下，母親的窗戶微亮，我心情輕鬆地哼著歌，想像被老闆開除的那日將馬上來臨。

不辭職賴活著，靠外力就好，讓別人幫我決定最終的時間吧。

我心懷祕密看著馬路上來去的庸碌人群竊喜著，我，就要脫離這些人了。或許老闆會原諒我一次的早退，但是不可能原諒我所有的早退。即使我的績效再好，也是可以被取代的。就這麼決定吧。

一定有大好的前程等著我，只要我能持續寫下去。

一整座完好無缺的地獄等著我，當我繼續走下去。

2 宋妍齡

天雨。宋妍齡在日記本如此寫道，天雨。她不知道該不該在日記寫下明天終於要發生的事。

日記記載的應是過去所發生的事情，但她認爲，明天的到來，得好好先計畫計畫。那麼矛盾的心情，要如何匯整成文字呢？

整天，她都顧左右而忙他，盡量忽略這件事的到來，收收東西，洗洗衣服，雖然不太好曬，陰著也會乾。接送孩子，買菜煮菜，很日常的一天。

懸浮車的噪音呼嘯而過，她很安心，早已加裝防撞窗，除了她這戶，整棟大樓的其他牆面也都零星地加裝防撞窗，經過幾次車禍，證明這配備也算耐，沒人捨得在這棟老舊大樓外面興建比較好的大型防護牆。裝這種東西還不如兌現實在，她這麼想。

這本絨布面精裝深紫色鑲金的日記是魏伯伯送她的成年禮，當然，鑲金的邊已脫落大半。大二時她發現，摸過這本日記後，兩手都沾染了金粉。美麗也總有消失的一天，她如此感嘆。

而今她認爲這種感嘆俗氣無比，就消失吧！她狠心想道，能換錢，什麼都可以不要。

之所以發現兩手都沾上金粉，是因爲吃完餅乾後，她到浴室洗掉嘴上的碎屑，赫然發現，臉頰和嘴唇竟金光點點，她四處檢視，才發現手掌尚未被水沖洗掉的金色痕跡。

她緊張了半晌。

從武俠小說學來的知識告訴她，呑金自殺，將金粉放在別人的手上，就是他殺。她懷疑很久，魏伯伯滿溢的笑容背後，埋著毀滅她全家的種子，最後只會留下他想要的。

因此，她總在寫完日記後，將手上的金粉，用吸管小心翼翼沾水沖下，蒐集起來，塗在魏伯伯專用的馬克杯口，一次一點，不引人注意。

不是有這樣的故事？受盡婆婆凌虐的媳婦在忍無可忍之下，企圖向藥店老闆詢問毒藥，老闆叮囑她，這藥只能一天加一點在飯菜中，否則會招致懷疑，爲了騙婆婆吃光所有的毒藥，媳婦每天都擺張笑臉，伸手不打笑臉人，婆婆對她竟然愈來愈好，不料，媳婦後悔，和老闆哭訴，老闆笑著告訴她，那是補藥，放心，不會造成傷害。

媳婦在又驚又悔的心情下道謝。

現實會如此圓滿？妍齡心想，這到底是誰的錯？在加害一個人時，難道沒有一絲的愛隱藏在動機裡？婆婆不愛她，匱乏愛，所以殺。匱乏至極。

我匱乏過魏伯伯的愛嗎？妍齡困惑著。

即使懷疑，妍齡還是很喜歡這本日記，女生對於美麗的事物難有抗拒能力。爲避免誤食金粉，她告訴自己，最重要的事才記在這本日記，其餘瑣事，她都寫在國小畢業時從教室拿回的空白作業本。她畢業時，就讀的國小無法抗拒時代潮流，已全面改用電腦來當教學工具，大半作業都用電子郵件交，寫字也只有低年級的學生才需要學習，通常學會簽名就夠了，其餘的，老師都告訴學生，以後是打字的時代，寫不重要。還有個研究說練習寫字手會受傷。魏伯伯評曰，手不用，就算好好的，那又怎樣？是不是連吃飯都不能拿筷子？拿筷子的方式才畸形呢。她至今還覺得滿有道理，不以人廢言。她有空還是會教女兒寫字，不過字形就沒要求了。

因此她有半層書架那麼多的空白作業本（本來還有更多，結果大部分當作懷舊的禮物，一本本送掉了）。她到現在即將四十歲，剛哄完剛國小的女兒入睡，這些簿子還是沒辦法寫完。

即使魏伯伯已經白髮蒼蒼時還是常告訴她，妍齡是他最愛的人，是他排解憂愁的良藥。

的確，從小她就覺得魏伯伯比自己的老爸還親，她跌破頭、被蜜蜂螫了，透過淚水所見第一個破門而入的，幾乎都是魏伯伯。她記得，那時不論是奶奶、爺爺或是爸媽，常是一副事不關己的樣子，等魏伯伯處理完，他們才前來抱抱拍拍或吹吹傷口。

上大學時為了化解她和魏伯伯輕微的緊張關係，父親還和她說，小時候，有一次發燒昏迷，送到急診室，她哭喊的人不是爸媽，而是伯伯，大伯伯。

聽說醫護人員感到很奇怪，她幹麼模仿吐泡泡的聲音。

不過讓妍齡心安的是，母親說魏伯伯是自願當她保母的，或許是爲了表明立場或生活需要，他還是會向爸媽要求支薪，因爲這薪水比請外勞還低（當時還是多少有些外勞的啊，不過數量已經很少了）。那時，魏伯伯已經展開作家生涯，平日的版稅和在雜誌的帶狀專欄勉強可以餬口，知道父親生了個女兒，就求幫他帶小孩，畢竟寫作是無本生意，若規劃得宜，有個小孩並不算大問題。

怎麼可能？一定另有目的。妍齡自己有小孩後，頭幾年簡直快瘋掉，睡不好，時間也不夠用，整天幾乎都耗在小孩子身上，魏伯伯又是男人，怎麼可能那麼好心，賠上那麼大段自己的時間，耗在一個愛哭鬧的小女孩身上？

有人說，如果被自己小孩折騰到，就表示小時候是如何折騰父母，妍齡推斷，自己小時候的哭鬧程度，應該不亞於女兒。

不論如何，魏伯伯對於妍齡的愛是一種交易，如同雜貨店老闆喜愛顧客，妓女喜歡恩客那樣的愛，妍齡解開心中那具道德的枷鎖。因此，毒殺魏伯伯並非弒親，而是要終結一段糾纏的關係和一段複雜的家務事。

況且，她並未認眞執行此事。事情是自然發生的。如同家庭主婦長期因炒菜吸油煙而得肺癌去世，難道要控訴她的家人謀殺嗎？她只不過用魏伯伯送她的美麗金粉妝點他的馬克杯罷了，或許，武俠小說都是騙人的。唉，她自問，我還不是因爲魏伯伯說了他名字的由來，才開始看武俠小說的啊。

她永遠脫離不了魏伯伯所設下的陰影。

妍齡小時候姓魏，小學時她眞羨慕那些姓氏或名字筆畫少的同學，像是姓丁、王、林等等，她結構複雜的名字，小學時候常因爲抓不穩字型，三個字寫得大小不一比例歪斜而受到老師責罵。同學還會因爲她姓中的「鬼」字偏旁而嘲笑她，給她取「膽小鬼」、「愛哭鬼」、「討厭鬼」、「小鬼頭」等鬼字輩綽號。那時哭著回到家，魏伯伯，不，當時她喊他大伯，會將她的眼淚拭乾，餵她幾片最愛吃的水果軟糖，等她心情穩定，就把著她的手，在大伯專屬的寫作檯上，就著方格紙，一筆一畫耐心教她寫字。

這件事影響她滿深的。她後來曾做過研究助理，許多實驗過程還是得先用筆記錄著，研究室提供輕薄短小的平板電腦，有聲控和觸控功能，那時聲控裝置辨識中英文夾雜的實驗流程還有障礙，又不能畫圖，觸控功能還是主要的。妍齡因爲字跡好看，不論畫圖或認字的錯誤率都低，大家都很佩服她。這一切都要歸功於大伯當初要求她去上傳統國小。爾後，妍齡心安地告訴自己，都是因爲大伯要求，所以這是他的責任，所以她不欠他，否則她和其他小朋友一般，可以去讀國小三年級就使用全數位教學的學校。那些學校在低年級時，根本也不會對寫字要求，更重要的是，學費也比較便宜。

大伯常會在書桌上養小生物，有陣子是鬥魚，還有一次養了和她到附近公園水池裡抓到的蝌蚪，等她大一點之後，在大伯桌上養的，是她自然課需要的蠶寶寶。鬥魚是寫字被老師責備得很凶那陣子養的，牠的身體是紅色的，尾巴和鰭是藍色的，鬥魚常繞著缸裡一小截金魚草。寫字時，她會將左手食指伸進小魚缸中蠕動，鬥魚會不停攻擊她的手指，不痛，癢癢的，她看著因爲魚缸的弧度而忽大忽小的鬥魚，握的筆也鬆了，這時大伯手勁就用力點，熱熱的，她流汗，紙上寫過，拖了一層汗漬，有些字都糊了。她想起浴室的海綿，看起來實實在在，一擠，就漏水了。

大伯還會拿這些小動物和她胡說。他說，每隻蝌蚪都是他的一篇文章，等到文章寫出來了，蝌蚪就會不見，成爲青蛙，所以每一篇他的文章，都是青蛙王子唷。

眞是胡謅，妍齡想。但小時候還眞的相信。說到青蛙王子，大伯和她說這個童話，現在竟讓她臉紅心跳，可是當初還因此和同學吵架。她辯稱，大伯說青蛙王子的故事應該由蝌蚪開始。公主小的時候，在那個水塘裡游泳，有個蝌蚪，不小心鑽到了她的肚子，幾天之後，她在游泳時肚子痛，放了一個屁，結果，青蛙就被拉出來了，她很不好意思地逃離水塘。長大後，她忘了這件事，在那邊遇到青蛙，那青蛙其實是她和蝌蚪的小孩，需要母親的吻才能成爲王子……

「所以，這則故事是告訴我們，不要去髒水塘玩，否則有東西會鑽到身體裡……」妍齡下結論。

民怨沸騰，同學都說她是騙子，胡說，亂講，黑白說，這故事應該是說王子和公主之後都很幸福！同學都不理她，讓她嘗到維護眞理的後果。

她還試圖詭辯，要不然，青蛙怎麼是王子，公主的兒子才能是王子啊……丟丟臉，王子娶媽媽，哈哈哈哈，同學笑到岔氣。她哭到放學，一路哭出校門，投入大伯的懷抱。

她絕不會和自己女兒說這麼不要臉的童話，大伯到底在想什麼啊？

除了媽媽回來的日子，大伯幾乎都住她家，媽媽回來，大伯就自動讓出空間，把私人物品整理好，到旅館住個兩三天。離婚後，母親不願意和父親同床共枕。父親聽到母親要來，則如臨大敵，提早回家，把床單被套全部換掉，特別要把那方深紫色染布大窗簾拆下，再將地板用吸塵器吸乾淨並用消毒藥水將房間內地板木製及石製的家具統統擦過，消滅所有可疑的氣味，才迎接妍齡母親的到來。妍齡則堅守著一項祕密任務，就是幫大伯保管那些小生物，當作自己豢養，並在母親問起時柔順地展示給她看。

「大伯最近還來找妳嗎？」媽媽會這麼問。

「唔……很少。」妍齡說謊時會看著地上，她不習慣說謊，回答還是折衷了。但是母親和她不熟，不了解她的習慣。

「嗯嗯，很好，少接近他，知道嗎？」母親的話遙遠如電視主持人，就算下達什麼命令，電視機這頭的觀眾，卻可能只是笑笑或是乾脆換台。

父親和大伯要妍齡不讓母親知道大伯還住在家裡，妍齡不懂，照做就是，反正大伯平常對她那麼好。還告訴她，謊言害人就不能說，但是在這種時候，妳說實話，媽媽會很不高興，妳希望媽媽不高興嗎？那就告訴她，我不在這。妍齡於是幻想，這是一項大人託付給小朋友的祕密任務，她必須同卡通片裡面拯救地球抵抗惡魔或外星人入侵的小朋友們（在那些卡通裡大人都軟弱無用）般，拯救成人岌岌可危的世界，雖然她並不認爲母親是壞人，可是她的到來，的確破壞了某些妍齡日常的習慣。

一憶及此，妍齡有點不捨了，明天發生的事，要用魏伯伯，不，大伯一筆一畫握著她的小手寫正的字，記錄下來。她不在今天寫下不行，因爲，連同這本日記本，都要在明天到來時離她而去。

妍齡打開抽屜，翻出一個小紙盒，裡面藏有她從小到大最珍惜的物品：姊妹淘送她的胸針、第一封情書、一疊魏伯伯送她的小說手稿、一個泛黃的鬔鬛和其他雜七雜八的東西。她拿起了那個泛黃的鬔鬛，心中突然升起了問號。

爲什麼，年代久遠的東西都會泛黃？國小積存到現在的筆記本，一本比一本黃甚至褐，魏伯伯的舊照也全都黃了，這個鬔鬛亦不例外，她記得小時候，是多麼著迷於鬔鬛那能反射光線的純白啊。

現在反而像一顆花生。

難道時間的顏色就是黃黃褐褐的嗎？在某些虛擬場景中的背景，也都是這種顏色的，眞是一種媚俗卻不得不然的氣氛啊。

她可以想像，或許有一兩個工程師，和主管抗議，古代的樹也是這麼綠，天空和海水也是這麼藍，花朵也都鮮豔，爲什麼，過去，就一定要用黃色的光影塑造？

老闆可能會用無情的語調回他：這樣才有市場，笨蛋。

這個蠶繭的褐黃色，的確讓她想到過去。那是大伯第一次讓她失望。

養蠶是妍齡第一次經歷的大規模快速的生死。

準備養蠶時，大伯就熱心帶妍齡進行勘查，找尋附近哪裡有桑葉可以採摘。妍齡從文具行買了十隻蠶寶寶後，放學不是直接回家，而是邊念著童謠邊沿著小路漫步到河邊的公園，兩人拿出塑膠袋，挑葉子，順便吃些酸甜的桑葚，老師都知道她有個老派的伯伯，不教她唱英文兒歌，教她寫好多連老師都不會寫的生字和童謠，更令老師苦惱的是，教她那些自行改編的童話。

妍齡發現蠶寶寶並不愛吃嫩葉，反而專挑老硬的桑葉啃。大伯說，這樣才有嚼勁吧。蠶寶寶眞是吃桑葉機器，什麼都不管，把牠抓到這片桑葉低頭就是一陣猛嚼，抓到另一片葉子，調好位置，照嚼，關在盒子裡也嚼，攤在桌上也嚼。好不容易第一隻蛻了皮，大伯在妍齡上學時發現，清掉了。大伯當天不經意提到蛻皮的事，妍齡知道自己錯過了重要的過程就哭了，大伯滿頭大汗追著垃圾車跑，終於把那層黃褐色的皮囊從垃圾袋裡挖回來。

大伯想到，這可是報告的好材料啊，便說妍齡可把每一齡褪皮的蠶皮，都貼在作業本上，最後收集好交給老師。但是看到大伯辛苦找回來的蠶皮時，她是嗤之以鼻的。

「我不信，怎麼會是這麼髒的顏色？」妍齡說。

「真的，蠶寶寶前幾天皮的顏色就暗啦，皮脫下來後，就是這樣了。」大伯說。

大伯還說，既然一隻蛻了皮，其他的在這些日子應該也會陸續蛻了。果然，晚餐過後，有隻蠶就在掙扎扭動地蛻皮了，妍齡心滿意足地看完蠶寶寶脫衣秀才去睡。

這次大伯沒有讓她失望，不是這次，不是。

過不久，她將養得肥壯的蠶寶寶帶到學校和同學較量。她發現，她的蠶寶寶，假眼竟然比別人的小，她知道蠶的眼睛是在頭部最前方靠近口的兩個小點，在頭部後方那兩塊黑黑的東西，是嚇跑天敵的假眼（所以我的眼睛大，可以嚇跑壞人嗎？她照鏡子時心想），然而和同學一比較後發現，她蠶寶寶的那對假眼，充其量不過是兩道比較粗的眉毛，人家的假眼，是兩坨的。她緊張地和大伯說，大伯告訴她，這裡沒有牠們的天敵，她還是擔心蠶寶寶是不是生病了，大伯說，應該是品種不同，妍齡想說既然都是假的，那就幫牠畫一畫吧，遂拿出彩色筆，想要幫牠們一一上色。

「妳這樣做，可能會害死牠們喔。」大伯說。

「為什麼？你看，我還可以畫紅色、藍色、黃色的眼睛，同學就只能有黑的，多好啊！」妍齡不死心。

「彩色筆可能有毒。」

妍齡在自己手上畫了畫，說：「那我快死了嗎？」

她負氣地在手上繼續亂塗鴉。

「別亂說，我怎麼會看妳就這樣死掉？」大伯微笑地看著她賭氣的樣子。

妍齡不知道為什麼，突然更氣了，氣到想哭，但是大伯的聲音和笑容卻讓她軟化，她別過眼眶紅紅的臉，吸著鼻子說：「那你還說蠶寶寶會死。」

「妳又不是蠶寶寶，而且，這恐怕不是有沒有毒的問題喔。」大伯露出詭異的神情。

「告訴妳一個恐怖的故事好不好？」

妍齡看著大伯的眼睛，害怕地縮了縮頭，她喜歡大伯說故事，但又怕睡不著，想了半晌，遂要求他說。

「以前，有三個帝王，一個在北海，一個在南海，一個在中央。」

「多久以前啊？」

「很久了，實在是沒辦法算了。總之，住在北海的那個，叫做倏，不是大樹的樹，也不是數數的數，是……呃，不重要，妳以後會學到。」說著，便在紙上寫下「倏忽」兩個字給她看，「這兩個字是一個詞，對了，忽，就是南海帝王的名字。」

「好奇怪的名字喔，他們姓什麼？」

「呃，古代的人很少，所以都是一家人，沒有在管誰姓什麼的啦。」

「好吧，那中央的帝王叫什麼？」

「混沌。」

「啊好好笑喔，是我們吃的餛飩嗎？」

「不，是指一片混沌的混沌，就是亂七八糟，很不清不楚的樣子。」

妍齡笑成一團，她不知道還有那麼好笑的名字。

「中央帝叫作混沌，是因爲啊，他沒有眼睛沒有耳朵沒有鼻子沒有嘴巴喔，長得亂七八糟，就這樣一團，很奇怪吧。」大伯順手把桌上的廢紙揉成一團。

「那他不是死了嗎，怎麼吃東西啊？」她看著大伯的五官，想像大伯如果沒有眼耳口鼻，會變成什麼樣子。如果要比較，大伯的五官比父親的好看太多，大伯的眉毛前端濃後端細，鼻子比父親的大一點，他說他以前是運動員，體魄不錯，比父親高大許多，父親懶得保養身體，身材前凸（肚子）後翹（屁股），加上日益稀疏的頭髮，看起來實在不怎麼樣。大伯常說，父親以前很俊美可愛，她覺得父親以前的照片和現在眞是判若兩人，她和大伯說，大伯老是笑到直不起身來。大伯不笑的時候感覺很難親近，但是笑了之後卻又如孩童。她自己的大眼睛和父親實在很不像，她常幻想，自己其實是大伯的女兒，只是不知道什麼苦衷，大伯不能叫她女兒。總之，或許以後會有一天兩人含淚相認。

母親和大伯才是夫妻吧，年幼的妍齡常如此幻想。

大伯繼續說：「我也不知道啊，反正他活得好好的。有一天，南方帝和北方帝一起跑到中央帝的地方玩耍，中央帝還可以很熱情地招待他們呢。」

妍齡神情恍惚地看著大伯，想著大伯和母親步入禮堂的樣子。他們才眞正登對呀。

「因爲南方帝和北方帝玩得太高興了，實在很想報答中央帝，於是想來想去，唉呀，妳猜他們想到要送他什麼禮物啊？」

「呃，送他一個遊戲機？」「玩偶？」「好啦古代人騎馬，送馬？」

「都不是。告訴妳，他們要送他五官，就是眼睛耳朵鼻子嘴巴，有七竅，就是七個洞啦。」大伯在妍齡頭上指一指。

「怎麼送啊？」

「拿鑽子鑽。」

「痛嗎？」

「應該很痛吧，要不要我給你鑽鑽？」

「好可怕！」妍齡躲開。

「大概因爲會痛，所以啊，就像妳拔牙齒一樣，一次不能拔太多顆，所以，他們倏和忽兩個人，就一天給他開一個洞。」

「然後呢？他有變漂亮嗎？」

「呵呵呵，到了第七天，他們大功告成之後，正想拿鏡子給混沌照照看如何時，就發現，天啊，他們的好朋友混沌，竟然死掉了！」大伯說話速度突然加快。

「爲什麼啊？流太多血了嗎？」

「不知道，可能吧，但是這個故事告訴我們，事情不要強求，你以爲的好意，對別人可能是傷害喔。你看，混沌以前長得亂七八糟，就活得好好的，結果人家給他五官，卻死掉了，所以妳不要勉強妳的蠶寶寶要有一雙大眼睛，而且那個是假眼，沒有用的啊。」

「噢……」妍齡現在已經不關心蠶寶寶眼睛大小的問題了，她看著紙上寫著「倏忽」兩個字記在心中，然後用網路國語字典查到了解釋：「表示『突然、忽然』，疾速的意思，漢蔡琰胡笳十八拍：『生倏忽兮如白駒之過隙，然不得歡樂兮當我之盛年。』三國演義第六十八回：『小童急欲問時，左慈已拂袖而去；其行如飛，倏忽不見。』」她曚昧的童年，於是將這個表達時光迅速的詞彙，覆蓋了一層血腥的觸感，導致她日後作文時，都會盡量避免這個辭彙。

不，不是這件事，後來她得知這是出自於莊子的寓言。

等到蠶寶寶都達到五齡時，大伯用硬紙板造了一些格子，讓五齡的蠶寶寶都能乖乖待在規劃好的方格中吐絲結繭。沒料到，一時不察，竟然讓一隻蠶在盒子的角落中開始結網，妍齡發現，大伯看牠似乎才剛搭起骨架，想把牠抓出來，妍齡一直阻止，但大伯一面說沒關係一面把牠放到格子中。兩人在格子旁觀望許久，看到蠶寶寶搖著頭開始吐絲造繭，這才鬆了口氣。從此也記取了教訓，只要看到蠶開始東張西望心不在焉於桑葉，大伯或妍齡就把牠抓到格子裡準備。

當第二隻、第三隻蠶吐絲結繭後，妍齡發現第一隻被移動過的蠶繭長得不太健康，繭的表面雖然和其他一樣白淨細密，但是並沒有呈現完整的胖橢圓形，在圓錐的一角有個凹陷，而且，整個繭和之後結的比起來硬是小了一號。

「牠真的沒問題嗎？」妍齡問。

「嗯，應該沒問題。」大伯看了半晌，得到這個結論。

約兩個星期後，一顆顆蠶繭開始染上鏽紅的汁液，蛾陸續出蛹，從體型可以得知，有三隻公的，六隻母的。一出繭，便開始無止境的交配。有些母蛾等不及，便撲簌簌流了一盒的淡黃色卵囊，大伯告訴妍齡，這些應該都孵不出東西，妍齡和牠好說歹說別再拉了，後來乾脆手指一伸，就堵在產卵孔外，蛾吃力拖著胖壯的軀體往前逃，妍齡一路跟，最後乾脆硬拔了一隻在交配中的公蛾同她逗在一起，讓那原本在交配的母蛾突然被電醒般驚慌找夫君。「天啊，這些男的眞命苦……」大伯邊看邊喃喃自語。

當時，除了手忙腳亂忙交配之外，她最焦急的，是那隻天字一號結繭的，怎麼還沒活著爬出來呢？

「再等等吧。」大伯歪著腦袋，拿燈光照著繭，裡面有個黑影，「嗯，牠應該有化成蛹啊。」爸爸也靠過來說，「妳在妳媽肚子裡，還不是多待了好幾個星期，那時候，我們都以爲妳在媽媽肚子中悶死了呢！」

「好吧。」妍齡只好耐心等待。

她把繭帶在身邊。另一方面，那些蛾媽蛾爸，沒過多久就全部死了，妍齡已經做完該做的事，但她心中悵然，如果在這時，這隻蛾破繭而出，那不是很孤單嗎？

於是她和大伯說，這些蠶卵要孵化，然而，她卻不陪大伯去採桑葉了，她偶爾才看一下大伯把那些蠶蟻養得如何，偶爾餵幾片乾淨的桑葉，其餘，像是清理糞便等等，就全部由大伯處理了，她一心一意只希望等到那隻蛾出來後能有對象，即使那對象是牠手足的小孩。

大伯開始不耐煩，他可不是蠶農。那時候雜誌社逼稿逼得緊，他得花很多時間煩惱要交出怎麼樣的文章，除此之外，還有兩三項兼差寫語音腳本的活兒要幹，蠶寶寶的事，他也就擱在一邊，只每三天塞一次大量的桑葉到簍子裡。漸漸地，放簍子的那個角落生出了一股怪味，過了一個月，爸爸臭到受不了，邊說你們怎麼可以忍受這個臭味邊打開簍子的罩子，這時三個人才臭翻，大伯和妍齡捏著鼻子，一步步靠近，這真是一幅恐怖的景象，在沾滿蠶寶寶糞便的簍子裡，有好多黃的白的繭四處結生，但更多的是一條條黑爛的蠶屍，各種尺寸年齡的都有，其中還夾雜著不知道是蛆還是殘存的蠶寶寶扭來扭去著的身影。

「吼——誰養的，誰負責！」爸爸大怒，大伯和妍齡害怕得像兩個小孩（妍齡本來就是），平日沉默的父親發威起來真凶，他們縮著頸子沉默了一陣，開始互推責任。

「是大伯。」妍齡伸出手指，怯生生在胸前朝大伯指了指。

「哎，小姐，是妳說要養的啊，妳怎麼可以不負責呢？我是聽妳命令的太監啊！」大伯不想爭辯，想盡量化解尷尬。倒是爸爸笑了出來。

「我不管，誰要你說那隻蛾會出來的，我想，牠需要伴啊，結果到現在牠也沒出來，你看，都是你害的，誰要你要去拔牠，我是班上養蠶專家耶，人家的蠶寶寶都會生病死掉，可是我的都活得很好，結果，到最後還是有一隻不明不白地被你害死了啦！」妍齡眼睛開始紅，語帶哭腔，靠到爸爸身邊。

這時她才有父女連心的感覺，她是爸爸的女兒，錯不了，他們同一陣線要聯合指控大伯。

「妳怎麼可以這樣和大伯說話呢？」爸爸語帶惱怒但又不想大小聲，他無法對妍齡嚴厲太久：「快和大伯說對不起，人家幫妳養的。」

「沒關係啦，算了，我不該去動那隻蠶的，我把這些拿去燒掉。」大伯默默地去收拾。

妍齡從窗戶看出去，大伯拿個燒紙錢用的金爐，把蠶無論死活或繭，全部倒進去，「等等……」她在窗戶這邊小聲地說。

大伯點燃了一把廢紙，塞進去。

「等等……」她在窗戶的這邊，手中緊握著那個有凹陷的蠶繭，看著黑煙冉冉地上升，大伯被嗆到，用手肘摀住口鼻另一隻手在旁搧半天。

「拜拜啊？魏先生。」巷子裡的婦人經過時問了問。

「是啊。」

「拜誰啊，今天誰誕辰啊？」大伯歪著頭，想了一下，說：「不是誕辰，是忌日。」

「誰的啊？」

「嫘祖。」

「誰？雷公啊？」她聽不懂。

「是啦是啦……」大伯並沒有想解釋的意思。

「那燒這些蠶寶寶幹麼？好殘忍喔！」

「她在天上閒著發慌，給她重操舊業織織絲啊！」

那婦人抬起下巴和鼻子，睥睨了大伯一眼，一副「你誆我」的表情，揮揮手轉頭走了。

「等等……」妍齡看著冉冉的黑煙，聞到難聞的焦味，看大伯一副滿不在乎的神情，似乎想趕快把這件事解決掉。她第一次，這麼厭惡大伯。

3 她

就是想不透。她以爲自己做錯事了。

有人和她說，人的幸福是有一定量的，若太早享用完，以後的日子就只會朝悲慘邁進。

她早就把幸福享用殆盡。

她是家中的獨女，其餘五個全是男孩，父母生下她很新鮮。因爲她前面已經有三個過動兒般的兄長。父母對於男孩進行軍隊管理，不乖就把屁股打到開花，但是對她如養公主，在物質條件不豐的年代裡，她獨享自己的過去及現在。

她的兄弟們共用一切。大哥的衣褲穿不下給二哥穿，傳到小弟時，布料都洗得薄如蟬翼，衣服的顏色像是營養不良的人，毫無彩度可言，褲子能補的地方都已經補了，男孩好動，甚至有些褲子外面上補釘的地方比原本的衣料面積還大。彷彿一條冬蟲夏草，寄生的眞菌搶過了蟲屍的鋒頭。

她小時就吃過冬蟲夏草了。

冬蟲夏草可是大陸產的啊，兩岸未通，這些蟲草進到香港再進台灣，價格翻了好幾倍。富貴人家看到這種東西，眼睛都會閃閃發亮，眷村的普通士官家庭怎麼買得起呢？

然而，公主用的東西比別人嬌貴，生的病也比別人貴，孩童時期，她有嚴重的過敏，什麼過敏源碰到她的皮膚或是氣管，全家人晚上就忙翻，輕的話摸摸她的皮膚（還要小心不能弄破皮），讓她的癢可以減輕，重則氣管收縮送醫院，全家子大大小小散落在急診室各處打盹，只有她一個人安穩躺在病床上。

幼小的她，看著趴在床沿的父母以及散落的兄弟們，不知道自己做對了還是做錯了？只覺得他們都好愛她，即使前一刻覺得自己快要死去。她覺得這點不舒服只是一種交易，挨一下就過去了，值得。

後來聽從中醫師的建議，爲求一勞永逸，父母遂忍痛，縮衣節食，借錢買了昂貴的冬蟲夏草和花旗參，加在一起燉肉片給她吃，一口一口餵食，其餘兄弟在旁咂嘴流口水，只要被父母一瞪，就給大哥領出家門。

看到湯底的蟲，她卻吐了一地，父母捶心肝，還是默默擦淨地板。之後只好偷偷磨成粉，她還要先檢視湯底，無蟲才食。

兄弟們總是滿足地進家門。

她當時不知道，爲什麼她不舒服，卻得吃下那噁心的玩意兒。

父母說，良藥苦口，但這是藥嗎？也不苦，難道是毒藥？

多年後，才從殘存的兄弟口中得知，那段期間，家人每天只吃一餐，每到用餐時間大哥說出去買東西吃都是騙人的，他們沒賺錢更沒零用錢，哪裡去買。他們出家門，到眷村外的菜園和山坡上打野食，吸朱槿的花蜜、吃野莓、蕨葉、尋鳥蛋，或用彈弓打小鳥，甚至偷進人家的果園拔個一兩顆果子，還有，吃白色的幼蟲或蟲蛹。

他們會將潮濕的芒草紮成草柱，點燃，拿煙燻蜂巢，等蜂都受不了走了之後，把巢穴敲開，白色的幼蟲、蜂蜜、蜂巢本身，都好吃，有次，還抓了身材肥胖、半死不活的蜂后來嚇她，她老是被嚇壞，叫得滿屋子亂竄。

都是大哥帶頭的。

大哥活力十足、皮膚黝黑，小時候自有一票玩伴，大帶小的把附近的野食都嘗遍了，長大一點，便帶自己的弟弟，因此更仗勢欺人。別的孩子在他們的採集區撿食物或打小鳥，抓到不免一頓打，或要那些孩子貢獻零食，他們有時也會裝乖向村裡的長輩要點心吃，村尾上海的張媽媽每次蒸點心香氣總是瀰漫全村，他們會跑第一諂媚她，順便幫她跑個小腿，叫張家也在外面玩野的孩子回家吃。端午節，江西熊家的水煮粽，也是他們幫忙分送到各個朋友家的，他們是長輩眼中的有禮孩子，雖然不時也有打架傳聞，但孩子嘛！哪個不會和同伴鬧鬧呢？但其他孩童都知道，這是他們的「買賣」，沒有他們大哥的允許就擅自和大人們打交道，是會被嚴厲懲罰的。

至於他們家，每年只有前庭芒果樹結實時，才會因芒果而溫馴，這也是大哥展現義氣的時候。他會分芒果給平常受他欺負但對芒果淚汪汪流口水的傢伙。身爲老士官的父親，是睜一隻眼閉一隻眼的。雖然有大膽的人會告狀，父親會毆打孩子給他們看，但是她想，或許父親可以藉此（勒索比他高軍階的人的孩子的食物）視爲軍中無法升遷的補償，所以在他們滿足地進家門拿出些水果、糖、鳥蛋或小鳥時（幼蟲和花蜜聽說都是當場解決），父母通常都是嘉許多於責備。

（那時還是個鳥語花香的時代，我已多久沒有聽到蟲鳴鳥囀了？四周剩下的，都是車水馬龍，還得額外花錢保持人工的安寧，但是，我要的，並不是無聲啊……她常常如此想著。）

大弟說，蟲子高蛋白，小時候常吃，所以氣力比別人大。

大弟吐煙。我們對聽話的人也很好，都是論功行賞的。

你們這些混幫派的。她笑道。

我們知道，長得壯，將來能爲反攻大陸出多點力氣，要食物就得搶人家地盤，反正，都是爲了活下去啊！那些瘦弱的，吃多吃少沒差，乾脆把食物給我們吃。

「看吧，現在就是那時候說的『將來』，反攻，反攻個鬼啊，舔人家屁股都來不及了，我們好多藥材都得拜託人家找貨啊，還兩岸中藥交流呢，眞是，『終要』交流了啊，哈哈哈……」大弟笑得被煙嗆到。

她不覺得好笑，卻陪著哈了兩句。

大弟出獄後學好了，和她說這些的當下，正在學中醫，但他是老菸槍，很沒說服力。

「別抽啦，能少抽一根算一根。」她說。

「反正，」大弟依戀地把最後一口菸吸飽，她看到菸前端的火星死前最後掙扎般殷紅地閃了半晌，然後被撚息。

她看到大哥死前的殷紅眼珠，從大弟的菸屁股瞪著她。

大哥要入伍前的一個星期，在暗巷中，被人從背後突襲，重物直逼腦門好幾下，七孔流血，雙眼迸出半寸。

隨家人趕到現場時，那雙充血的眼珠讓她很難忘。

官方說法判定被仇家殺害，至於仇家是誰，從來也沒釐清過。警察認爲大哥是頂級頭痛人物，從國中開始就常進出派出所，父親的皮帶已無用。抽菸、打彈子、偷腳踏車、飆車、率眾鬥毆（還拿武士刀），可能還買賣毒品，至於有沒有吸食更是天曉得。反正，這個年紀能做的麻煩事幾乎都做了，繼續長大下去不知道還會出什麼亂子，因此心中反而暗自感激著這世界上又少一號令人頭痛的人物。

謠言都說，是大哥女友阿蘋的前男友吳彥昌，因女友被搶而幹的好事，但是警方說，彥昌有不在場證明，又無唆使的證據。然而一切都很讓人懷疑，因爲，阿蘋在大哥走後，又和彥昌復合且更恩愛。警方覺得彥昌不需要搶，阿蘋自己也會回去。又，難道大哥對她不好？喜歡掌控她？逼得她喘不過氣嗎？

沒有，大哥雖然總是幹些令人煩惱的勾當，但他對兄弟很大方，甚至連女人都可以分享，不會因爲女人而和別人鬧翻，女人要來，是自己來的，要走，他不會留。當初因爲阿蘋投向他還因此和吳彥昌見面，說是女人自己選擇，否則也不會接受。

二哥和警察說，彥昌有次酒醉，說自己一定要幹掉大哥。

這種話也不能當有力證據，誰在女友離開後不會落狠話抱怨情敵呢？

「酒後吐眞言啊警官。」二哥說，警察對他賊笑，置之不理。

彥昌說二哥才肖想阿蘋，搞不好是自家兄弟下手。這可把兩幫人馬撩撥得又鬥了幾次。

阿蘋在眷村內外誰不愛啊？母親阿美族的她，面目姣好，皮膚白淨，若晚生個二十年，就會是個大紅大紫的模特兒。她的想法，足以讓她媲美國際時尚設計大師，但是在那個年代，這種奔放的美，只能儲存在男孩的髒話裡，表現在女孩的睥睨中。

老天總是讓人帶著遺憾。阿蘋生得美麗大方，但是她的母親受不了山東籍老壯漢丈夫每日每夜的壞脾氣，以及辛苦存錢買來卻被砸碎的家具及碗盤，終於逃回東部的家鄉，留下兄妹兩人。

輪他們被父親當出氣桶後，他們無時無刻不想念母親，於是曾趁黑夜，輾轉去到東部和母親相聚，然後過沒幾天，又被氣急敗壞的父親一古腦兒拎回來。他們的父親一路拖著他們倆，邊打邊罵，經過她家門口時，兩個在門口玩的弟弟還把手中的石頭丟到他們兄妹身上。

她總是和眷村其他的女孩子遠遠地望著阿蘋和那些男孩子打情罵俏，私下用不堪的字眼罵她，回家卻又偷偷在鏡子前，模仿她妖嬈的姿態。她也曾模仿阿蘋亮眼的穿著，即使只將紅色改成深褐色、亮黃色改成淺綠色、紫色改成黑色，都足以是提前幾世代降臨的極簡風。

在家裡她是公主，但和阿蘋相比，實在是太自慚形穢了，她因而更加氣阿蘋，卻又對她更好奇了。

許多惡毒蜚語因而產生。

她們傳言，她的第一個男人是爸爸，第二個是哥哥，還有人信誓旦旦說，曾窺探過他們家，看到酒醉的父親以阿蘋爲模板，一面吐著粗氣毆打兄妹，又一面教導她哥哥如何交歡。

談論時，她們總是發現，蹲坐在門前單身的叔叔伯伯們安靜了，他們的表情看起來彷彿得到某種靈感。

她們講得更大聲了，也笑得更肆無忌憚。

然而，那群女生也偷偷喜歡阿蘋的哥哥阿國，因爲他不像村裡其他的男孩總是成群結隊大聲吆喝，不是幫村裡的弟弟妹妹出頭，就是在發誓斬雞頭，大談反攻大陸，或捉幾個村外的本省孩子進村裡教訓。有時雖很有趣，但是也實在粗魯討人厭。

除了阿國。他會在清晨，這種最沒有旁人干擾的時刻，安靜地在附近的國中練習投籃，那時整個露天球場荒涼到連腳步聲都可以發出回音，有人用場地他就走，他從不答應鬥牛，就算有人用惡毒的言語激將，他沒有青年人的血氣方剛，不會被激怒。有次，別人都覺得他不給面子把他衣領都扯下，他還是低眉不語。他身形高大，有著阿美族和山東人的大骨架體格，那些瘦小耍流氓的人也不敢拿他怎樣。

除了愛打籃球的人對他有興趣，學校籃球隊教練的老師更是看到他就眼睛發亮，因爲他投籃準確、活力充沛，應該是個不可多得的人才，然多次點名他參加籃球隊，他都沒答應。

他砰砰砰地帶球上籃，回頭，整個身體還在彈跳的韻律中，他不用看籃框，由籃網那「刷」的一聲也知道，球一定投中。

那是體育老師特別自己花錢，在籃球場裝設的籃網，他喜歡聽阿國自信投籃後的完美聲響，也提醒他，只要找老師，隨時都可加入籃球隊。

然而，老師等了幾年，到他畢業，籃網寂寥，他仍未加入球隊。

無人知曉他只獨自投籃的原因。

但這對她們而言並不重要。

她的好姊妹有時會起個大早，躲在杜鵑花叢後，壓著聲音，麻雀般對阿國指指點點。他知道她們的，因爲，他有意無意會朝著花叢點頭微笑，彷彿感謝她們的尊重，不逼近、不錯身。只要一笑，這些姊妹們就開始大汗淋漓、臉頰紅潤，雙腳被蚊蚋叮爛都不知道。有時還因此活在思春的幻想中無法自拔，乾脆蹺課。

然而他沒有追求過她們之中任何一個，她們的青春就此等得都枯萎了。

他們兄妹兩人，都是生錯時代的明星。

阿國國中畢業後，就再也沒回過眷村。

她們更怨恨阿蘋了。

男孩們也更需要阿蘋了。

阿蘋上國中後，身邊的男孩就沒斷過，眷村的男孩多少都和她沾過邊，至少沾過她打在屁股上火辣的巴掌，或在她的圓臀上留下指印。阿蘋的父親則剽悍如昔，村子裡的男孩有時也喜歡鬧他引起阿蘋注意。但是她從來沒承認誰是她的男友，說眞的，彥昌運氣眞好，是第一個被她正式承認的男人。

只是沒想到阿蘋後來竟會落到大哥手上。

因爲如此，她和阿蘋熟絡了起來。

阿蘋來找大哥十次有九次他都在外面混，阿蘋也不急，看她在，就和她聊天，開始她有點抗拒，畢竟不同掛，後來有時卻覺得阿蘋是專爲找她而來的，大哥只是藉口。

她早就好奇阿蘋和其他眷村女孩不同的審美觀，阿蘋會送她從家裡的碎花布料剪下自己做的飾品，鈕扣外面包些布料打上緞帶，就成爲小胸針或是耳環，看起來十分別出心裁，她雖然從小貴爲公主，但在新生活運動簡單樸素迅速確實的家庭教條下，這種小玩意兒還眞開了她的眼界。此外，阿蘋偷偷帶她去穿耳洞，那些小東西美到她不敢在眷村戴，每次都是離開村子才跑到路邊的角落偷偷戴上。阿蘋還教她哼阿美族的搖籃曲，她說是媽媽小時候唱給哥哥和她聽的，現在媽媽不在身邊，父親晚歸時，哥哥會在睡前唱給她聽。她學會了。一日，阿蘋有點靦腆地問她，可不可以爲她唱搖籃曲，她想念媽媽，想要聽聽女生唱這歌。

她們坐在院子的大石頭上，阿蘋枕著她的膝蓋聽她哼唱，陽光透過樹葉，灑在阿蘋姣好的面容上，她看到阿國的臉，只不過，眉毛細了，臉蛋圓了，皮膚白了，頭髮長了。

腿上有潮濕的感覺。

她和阿蘋漸漸無話不談。她會分享自己所知道的大哥，大哥什麼不怕，就怕蜘蛛。她說小時候有個早晨，大哥踏出門，一隻走錯路的蜘蛛跳到他腳上，聽說那早的尖叫，連隔壁眷村的人都聽得到呢。「眞的嗎？搞不好我也有聽到呢。」阿蘋說。

她們偎在一起笑，逗著院子裡的黃狗，看著芒果樹，掉到地上的果子發出腐熟的酸味，若撿起洗乾淨吃了，兩個人都有點醉。然而，阿蘋還是繼續和男人調情。

大哥的大方之處就在此顯現，如果大哥在場，她會更誇張，她和阿蘋說，大哥不知道什麼叫忌妒，他心中只有義氣，他就喜歡奔放熱情的女人，可以把他的喜悅和兄弟們分享，然而，他愈不忌妒，阿蘋就愈發希望能引起他的醋意。

而她，則繼續和姊妹走到陰暗處私語。眷村沒有藏得住的事，她有點傻，那群姊妹淘只是利用她多得知一些阿蘋和阿國的情報，而假裝和她繼續很熱絡，實際上，她們覺得她已經背叛了她們。

不過，她始終是公主，有發現幾十層床單底下的針的天賦，她不在乎姊妹利用她和阿蘋的熟識來打探阿國的私生活。因為有些事是她是獨享的，包括阿國的籃球和汗衫，她還知道阿國去盆地念師專讀自然科學教育。

也因為如此，她後來也到盆地念了商專。

和大弟聊天的當下，她看著猩紅的火星，竟對於阿蘋的臉孔感到模糊。阿蘋紅顏薄命，彥昌後面又是幾個村裡村外的男人。惹上村外男人的那幾次都發生了好幾次械鬥，她是特洛依的海倫，男人甘願為她戰到一兵一卒。

不過，或許玩夠了，她沒有許身給任何爲她流血流汗的男孩，她嫁的是村裡當初一個喜歡蹲在門口聽女孩們道長短的甘肅叔叔，沒幾個人能聽得懂他濃重的鄉音，他也很沉默，阿蘋嫁給他後，終於可以看到甘肅叔叔說上個幾句話。幾年後，大陸開放探親後，和丈夫回去，回來時就是一罈骨灰了，丈夫紅著眼用鄉音說，愛狗的她，回到丈夫的家鄉後，竟因爲逗狗而被咬傷，剛開始以爲沒事，沒料到竟然開始怕水並發狂。村人只得把她綁起來，小鄉村沒有狂犬病疫苗，交通又不便，等送到城市後已經沒有救了，於是就這樣死了。

鼻涕伴眼淚說了好幾次旁人都聽不懂，甚至說到有點憤怒，才讓人大致聽懂，最後他竟然說到笑了出來。

甘肅叔叔自己也有點尷尬。

她想到，不是有這麼則故事嗎？古代有人少小離家後歸鄉，鄰里帶他去看祖墳，他痛哭失聲，鄰里竟然大笑說是騙你的，這是別人的墳，天色不早，明天再帶你去看眞正的墳。隔天看到眞正的墳，反而沒有哀傷的情緒了。

悲傷的事，多說幾遍，就不會悲傷了。

她想到了兩人開心逗著黃狗的畫面，光影太強，什麼都看不清楚了，連黃狗的輪廓也和陽光混雜在一起了。
大弟修習中醫後，才告知姊姊，小時候家裡傾家蕩產爲了醫好她的過敏和氣喘的藥材是怎麼回事。
妳是用別人的病醫好的。
怎麼說？她憶起父母當時的愛，突然覺得淒涼。
弟弟說，花旗參就是植物的根，但是妳吃的冬蟲夏草，就是一種病，一種蟲子的病。
噢，眞的？
那種藥材，是從青康藏高原、四川、喜馬拉雅山邊緣的土壤裡挖出來的，那種蟲，是一種叫「蝙蝠蛾」的蛾類幼蟲，平時在土壤裡面鑽來鑽去，運氣背的話，會吃到蟲草的孢子，就是種子，會發芽的，那可憐的小蟲可能會覺得怪怪的吧，因此有點躁動，但依然快樂地吃吃喝喝想長大變成蛾，可是等牠發現自己無法動彈時已經來不及了，牠的身體裡充滿菌絲，妳能想像身體都發黴嗎？
她搖搖頭，感覺很可怕。
總之，牠僵死後，從牠的頭上，會伸出長長的子囊，反正就是這些黴菌的老二啦！細長細長，頂端還會膨大。

哈哈哈，兩人大笑。

那根長長的會長到伸出土壤，把孢子散出去，就有點像男人亂射啦哈哈。

她笑得花枝亂顫拍了大弟幾下，頭上伸出性器官，感覺很尷尬。

所以，蟲子生病，讓妳的病好了。

那我現在是否也是犧牲自己，將無形的疾病攬在自己身上，得以醫治別人的病？醫好誰的呢？她看著大弟撚菸冒出的青煙，她自始至終都對自己處境感到莫名其妙，眞的只是丈夫的問題嗎？她有點懷疑，但什麼答案都說不上來。

家庭的歷史在她腦海中掠過：大哥被人打死後，其餘兄弟，爲了報仇，在二哥的帶領下勤練武術，此外，他們都以爲不久的將來，會有一個大時代到來，那時他們可以藉此報效國家，連她都曾經在時代氣氛影響下，在日記簿寫著，國仇家恨了結後，才要和心儀的對象結婚。幼稚過頭了。

現實情況是，二哥練了一身武功卻無用武之地，開武館又賺不到什麼錢，窮了好久，三哥因爲混幫派爲朋友強出頭而遭到和大哥類似的後果，橫死街頭，大弟則因爲牽連命案而進監獄服刑八年，雖然五年就假釋，但大好青春就沒了，小弟呢，休學蹺家一段日子，自以爲可以闖出一番事業，結果誤交損友對吸膠上癮，有年國慶日，他恍恍惚惚把家裡門口掛的大國旗拿走說要去參加升旗典禮，卻在半途躲到公寓的頂樓吸膠，最後一個看到他活著的身影的人，說他站在頂樓的圍牆上揮舞旗子，彷彿在慶祝，沒多久就跌下來，國旗則慢慢地覆在他身上，算是家裡死得最愛國的。

她本來以爲自己是女生可以逃過以男性爲主的家族宿命，然而，現在輪到她了。

老爸默默承受了這些打擊，讓自己沉迷於武俠世界直至去世，母親則迅速地老病死。這些事件一個個來，又一個個淡去，每個人的一生，最後都可以濃縮成一句話，甚至一句廢話，人命如螻蟻，尚不足以道盡這般悲涼。串聯在一起，卻讓她感到十分戲劇化。

而今，幸好大弟修習中醫頗有心得，有懸壺濟世的打算，二哥成爲國外電影片廠的武術指導，娶了個洋妞，有了人人稱羨的國籍，他們的未來都已經清晰可見，但是，她的福分是否已經用罄，未來成爲可預見的悲涼？

然而，這眞能怪爸媽對自己太好嗎？她納悶。

大弟看煙消散後，靜靜地把話說完。

「反正，我這種人的命，能安安靜靜地在床上壽終，哪怕是肺癌，都已經是福氣了。」

桌旁，一盆海棠，枯葉散了一地。

4 **宋妍齡**

妍齡闔上日記，她無法下筆，她甚至想要打電話給公司，取消明天所有行程。

她把老奶奶留下的立燈打開欣賞一分鐘，旋即關上，她不知這盞燈何時會死去。

每開一分鐘，她就在日曆本上畫正字。

她已經畫了九十幾個正字，問題是，她不知道老奶奶已經開了多久。

那些正字提醒她必須時刻惦記延長燈泡的壽命。

燈泡在二十幾年前已因太耗能而停產，妍齡念高中時，這種燈泡已經是代表罪惡的骨董了，鄰居是可以告發使用者的，罰款相當於公務員一個月的薪水。

當然，如果夠有錢就盡量開，反正被查到了再說。

妍齡用燈罩和窗簾遮掩，誰會知道呢？她唯一擔心的是不知燈泡燒壞的日子何時降臨。燈泡是愛迪生用鎢絲發明的，可是現在也沒人會提起他了，他的偉大發明是耗費人類資源的濫觴，但黑夜必須被點亮，因此人們所能做的就是忽略他。

怪罪他人是忽略問題癥結的最好方式。

魏伯伯曾經對她唸過顧城的短詩：「黑夜給了我黑色的眼睛／我卻用它尋找光明。」

「這首詩，就這麼長？」妍齡問，魏伯伯點點頭，妍齡還使壞問他：「你背詩背忘記了吧？」魏伯伯臉紅耳赤馬上翻箱倒櫃把詩集拿給她看。

她長大知道這個詩人的死亡時，心中簡直激動得不能自已，難道他的偉大須如此成就？

妍齡不同於魏伯伯是圈內人，但是她也聽說，在亞洲文化被抬升後，顧城的詩也被納入了世界上最被稱道的《世界文學脈絡：東亞篇》裡面很重要的一章。

這燈泡更讓她想起顧城的詩，這是詩人找到光明後的眼睛，在燈罩的襯托下，溫暖不刺眼，不像發光片般冰冷。燈泡彷彿充滿金黃色的發光液體，從燈罩的縫隙中流淌。這是魏伯伯和她說的一則馬奎斯的故事啊。好多個一起到同學家遊戲的孩子，敲破燈泡，讓燈光傾洩而出，無法收拾，所有的小朋友，最後都溺死在這溫暖發光的液體中。

「他們是快樂的。」大伯說。

可是，當她在自然課本中讀到這篇故事時，這卻是一篇浪費能源的反面教材，因爲自己的快樂而隨意消耗資源是最不道德的。不過，妍齡倒想看看燈泡的樣子，畢竟從她有意識起，照明設備就鮮少用燈泡，不是傳統的日光燈（後來也被指稱很耗電），就是LED，或是發光片。

她問大伯有沒有見過燈泡？大伯指著父親，說過一段時日，妳就可以從他頭上看到了。

父親臉冒青筋，大伯卻笑到岔氣，她搞不清楚是什麼回事，於是也跟著傻笑。

那時，她還不知道老奶奶的眞實身分，在她眼中，老奶奶是大伯許久會帶她去探望的一個老人，她的房裡總是充滿一股奇怪的味道，妍齡有點怕她。老奶奶曾抱怨發光片刺眼，大伯問她要不要換，老奶奶卻拒絕並埋首在書和課本裡。

妍齡覺得這位老奶奶很不可親近，不像自己的祖父母，總是不時逗她玩。她第一次見到老奶奶時，老奶奶眼睛一抬，透過老花眼鏡把她全身上下掃過一遍，只「嗯」了一聲就回復到原本的狀態。

她有點錯愕並本能地躲到大伯身後。

大伯沒有爲她辯護，只是聳聳肩，說：「妳不教教她什麼嗎？我以爲妳會喜歡她的。」

妍齡不喜歡去老奶奶那兒，但是她又有個非去不可的理由，是連大伯都沒有察覺到的：奶奶在一旁的窗台上，放了好多動物的塑膠玩具，有駱駝、大象、梅花鹿、斑馬、海豹、鸚鵡，就著燈光在窗上拖曳出細長的身影，她十分著迷，因爲大象和斑馬已經絕種了，大型鸚鵡現在是保育動物，聽說海豹也消失了，只等待聯合國宣布絕種而已。每當大伯靠在老奶奶身邊重複她說的咒語時，妍齡就會獨自撥弄著那些動物，看著旋轉牠們的身形時，牠們在窗上投影的或大或小的畫面，想像牠們仍存活時的樣子。

塑膠是管制品，現存的塑膠玩具都是骨董，一個叫價都是普通玩具的幾千倍，同學若擁有一件，都會小心翼翼帶來學校炫耀，要摸一下還得是同一掛的朋友。至於她玩的，是用強化的農業廢棄物和魚鱗製造的仿塑膠便宜玩具；不知道是不是心理作用，在知道是從什麼材料製作後，每次玩這些玩具時，即使製作再精美，都覺得彷彿聞到了腐爛植物的氣味和魚腥味。因此，當她聞到塑膠玩具的味道以及那異質光滑的觸感時，心裡就會略帶激動，彷彿得到上天的賞賜。

此外，她對燈泡的好奇更是擋不住，於是問大伯有沒有剩下的燈泡，可以借她看？

不出她所料，大伯又帶她去找老奶奶，趁奶奶沒注意，大伯把她拉到一間儲藏室似的房間，那裡有一盞造型特殊的立燈：木質的燈柱雕刻了很多花鳥紋飾（妍齡驚呼，這年頭，這麼完整的木製品也很罕見了），燈罩是用米色的布做成的，裡面有個圓圓的玻璃。妍齡看到後尖叫，電燈泡！大伯要她小聲點，然後點給她看，然而，當燈光亮起的瞬間，眼睛卻馬上閉起來，無法逼視，罩上燈罩，才使欣賞成爲可能。在那之後的五分鐘，妍齡不論看什麼東西，都彷彿覆上一層藍色的陰影。

大伯把燈泡拆下來，告訴她，這上面有寫瓦數，愈多瓦愈亮，這是六十瓦的，看到沒？還有一百瓦的，妳看裡面，有那條著名的鎢絲，捲捲的，就是那裡會發亮……

妍齡亢奮地點頭。

大伯要她出去時別驚動老奶奶。

兩人遂默默在客廳裡吃完便當，看著剩下的那一份完好如初的便當，妍齡扮家家酒的興致大起，於是把裡面的滷蛋掰開，蛋黃掏空，夾點飯和青菜，問老奶奶，想不想吃我做的漢堡？老奶奶竟然抬起頭來，張開嘴巴靠在妍齡的小手上，搖啊搖著，如同孩子，妍齡第一次和老奶奶那麼近距離接觸，聞到一股她身上的氣味，頓時知道屋內瀰漫的氣味是從哪裡來的了，這陣氣味馬上被咀嚼食物所散發的香味掩蓋了。

「Вкусно!」老奶奶咧嘴笑說。

「Вкусно!」妍齡重複著，她看著老奶奶的面容，說：「好吃呵！」

老奶奶點點頭，和大伯說，只有她知道我在幹麼。

大伯很吃驚地問：「妳知道她是誰的女兒吧？」

「К тему.」老奶奶沒理他，把窗台上的動物玩具撥下，塞到妍齡懷裡。

「送她那麼貴重的東西……」大伯的表情軟化了。

「謝謝。」妍齡驚嚇之餘還記得當個有禮貌的小女孩。

「Пожалуйста.」老奶奶說。

妍齡沉浸在收到禮物的喜悅中，一下還不知道怎麼反應，滿腦子都是想著明天如何向同學炫耀。

但這樣的喜悅並沒衝昏她，她把大伯的驚訝看在眼裡，她也困惑著剛才大伯和老奶奶說的話。

回家的路上她問大伯，爲什麼不直接和老奶奶說呢？我不就是爸媽的女兒嗎？

她於是想著老師要他們練習的自我介紹：我的爸爸叫魏雲天，媽媽叫廖文君，爸爸在研究院工作，是個地球物理學家，十分喜歡做實驗，常常很晚回家。除了實驗之外還要應酬，到世界各地開會。媽媽的工作更常常跑來跑去，所以不在家的時間比在家的時間多，不不，她早就不住在家裡了。幸好我的家裡還有大伯，他教我寫字還會說故事給我聽……

大伯說：「忘了今天發生的事好嗎？」

妍齡說好，卻不明白什麼該不該忘，她該忘那盞燈嗎？光想著那盞燈就覺得犯法。

沒多久，老奶奶去世，遺囑竟是把這個公寓留給妍齡。

「這老傢伙，什麼事都清清楚楚啊。」大伯告訴妍齡。

妍齡當時並不知道老奶奶過世。她印象是這樣的，某次去老奶奶那裡時，房子就已經空一半，只剩下一些簡單家具。

「老奶奶說要把這公寓留給妳，妳長大後可以來住。等到成年以後，妳爸爸和我會讓你繼承這份財產。」大伯說。

她不知道擁有自己公寓的意義爲何？成年太遙遠，她甚至覺得獨居於一間空蕩蕩的公寓是一件駭人的事。

多年之後，她才懂得感謝，雖然公寓已破敗，但勉強還是容身之處，她回想當年大伯對她宣布這件房屋的產權時似乎十分平靜，不過現在她回想，大伯心中應該充滿恨意吧，寧願把房屋留給一個毫無血緣也沒見過幾次面的孩子，也不願意把房子留給他。

宣告那天，她似乎還聞得到老奶奶身上的氣味。她走進儲物室，小心打開門，立燈還在，幸好，她心頭一喜，原來老奶奶也知道她喜歡這個。

她反而沒想到，老奶奶留給她屋子的眞正意義是，她本人，已不在世上了。

後來，是在整理魏伯伯遺物時才想起的。

那是一個骨灰罈，鑲著一張讓她思索良久的遺照，骨灰罈旁邊是一張訃聞，裡面夾有魏伯伯從沒公開的祭文。

她當下的第一個念頭，竟是估量這件文物的價値，之後才從內文發現，骨灰罈裡和祭文所憑弔的就是老奶奶。

她才知道老奶奶和魏伯伯的關係。

妍齡膽怯了。她環顧四壁，老奶奶和魏伯伯的身影恍若仍在牆上漂移，像是被燈泡囚禁的靈魂，只能活在燈泡打亮後的陰影。

當父親要魏伯伯把鑰匙交給妍齡時，他們已經不親近了，妍齡因年紀增長了解到很多事。

妍齡厭煩父親什麼事情都要經由魏伯伯和她溝通，明明他們才是父女，也因此妍齡才得答應魏伯伯給她鑰匙的條件。

她打電話給母親抱怨，說自己可以向法院申請順便告魏伯伯侵占，母親說：「不知道他葫蘆裡賣什麼藥，先答應他，若他反悔再告也不遲，他不會對妳怎樣的啦。」

聽到母親這樣說，她才沉住氣答應了魏伯伯。

那天，他們起了個大早，沿途搭乘了車子、小舟、車子，後來還有一小趟水上機車，才到了東北角，她已被搞得人仰馬翻。她寧願沉浸在虛擬世界中，但是魏伯伯仍然堅持要趕在這天的十一點前帶她去看個東西。

他們先到了海邊，魏伯伯指了指著遠處露出海面的幾個礁石，說那邊才是目的地。最遠方較大的上面覆滿植物。海浪一直不停掩蓋這些個礁石，天色陰陰的，魏伯伯說不會下雨。

這些海中礁石，本來不是這樣的。

魏伯伯說那幾年，幾乎有點突然，卻也是循序漸進的，先是幾場颱風，再來是幾場微不足道的海嘯，以及幾場更普通的大潮，如同某些男生在變聲時，總會經歷一場不引人注意的宛若喉嚨發炎的症狀，等到過了一兩個月，才發現那些天籟似女孩的高亢音調再也發不出來了。

這地區的海岸線不知不覺中往岸上前進，等到大家發現海水一吋吋淹進自己家門時已經來不及，同樣的情況也發生在島嶼的其他地區，大規模的遷村、疾病、貧窮、死亡騷動與不安如烽煙蔓延，幸好島民生命力強韌，不滿地接受了政府的安排。住在地勢較高處的人原本引以爲豪的綠地，也因爲要趕搭難民村，而強迫捐了出來，政府還呼籲分房計畫，要坪數超過二十坪的住宅，必須隔成兩間三間救濟同胞，否則就要課以重稅，眞正苦到的都是中產階級公民。

那段時間，沒有人是快樂的，有錢付重稅的都付了，有能力移民的都走了，沒有能力也沒有解決辦法的都自殺了，留下的就是妥協之人。島嶼人口銳減了一半，他就是在此時把自己的屋子讓出去給別人住並完全搬到妍齡家的，當時很多人都這樣做，畢竟親人住在一起還是容易些。

他有種失而復得的感覺，只是無法表現出來，至少雲天答應了他，之後衍伸的輪迴，就不能怪他了。所幸紛擾在妍齡開始有意識前已經趨緩了。

他常常和妍齡驕傲地說，都是政府不聽她父親的話，她父親模擬好多消失島嶼的時間空間氣溫水文等參數，並能準確預測出沿海地區逐一淹沒的時間，可惜政府的大頭都有鴕鳥心態，事情不到眉梢也懶得規劃。但說實在，這不是單純的科學問題，還得關注到經濟民生以及心理層面。她父當時只是個小研究員，根本沒人相信他的預測，連他的長官都不想理他，事情發生過後幾年，有人重新檢視他的論文和電腦模型，赫然發現他預測的準確性。於是往後面臨沉沒威脅的地區都用他的方式預測，整體的傷害也降低了。

「但是壞就壞在，他那幾篇論文掛上上級的名字，這傢伙就只會畏畏縮縮，躲在別人身後。他上司當然毫不猶豫把功勞搶過去囉。」說到這裡，大伯感嘆：「要不然，以他的貢獻，他也不會一直當個沒沒無名的研究員了。」

妍齡看著大伯高大的身影，覺得父親的個性應該才比較適合大伯的名字，至於「雲天」，大伯用才恰當吧。

大伯為了向妍齡強化對小研究員的印象，還特別在看電影時（雲天也在場）告訴她，妳看，那些口罩頭套面罩實驗衣都穿得白白的，整天低頭在那裡瞎忙的就是。也不知道自己是幫壞人好人。等他們被人拿槍掃射乾淨，誰也不知道面罩下的人是誰，丟在路邊就是無名屍，這就是，妳爸。

父親也沒反擊，只是笑著說：「哎呀，這都假的啦，我的實驗，是電腦模擬的，也不需要包得緊緊的。反正，實驗樂趣是過程加上結果，如果想出頭，就得管一大堆行政，我才不要。」

魏伯伯想到自己嫁到國外的姊姊，就是聽從他的警告提前出國，並從此不返回這個沉沒之島的。

「妳有看到？那些礁岩上有些很特別的石頭。」魏伯伯停止回憶，問妍齡。

妍齡站在岸邊仔細觀看，的確，那些礁石上有些突出的石頭。再四處張望，妍齡看到有個人直挺挺沉在海中，她趕緊抓住魏伯伯要他看。

「天啊，有人好像溺水了，趕快找人來救他啊！」妍齡大喊。

「噢，那是林添禎的雕像，妳不知道他？沒差，反正現在學生連寫字都不學，他更不是太重要的事。我也是在來這裡的路上才想到這座雕像不知道還在不在。」魏伯伯凝視著。

「他是幹麼的？」妍齡問。

「救人的，結果自己也溺死了，本來以爲豎個雕像，會讓他永遠活著，沒想到，雕像也有死亡的一天。眞是。沒有事是永遠的。」魏伯伯嘆口氣，轉身到碼頭，和船家講了價，租了水上機車，回頭和妍齡說：「但是這裡有個很神祕的永遠，我要帶妳去看，今天我們可以看到它的毀滅。」

魏伯伯帶她繞到其中一座礁岩旁，那座礁岩面積比較大，中間的地方浪花不會撲上來，他把水上機車停靠岸。

礁岩上黑壓壓都是黑頭土黃細頸的怪石塊，魏伯伯說，妳看這像不像香菇？妍齡點頭。這些叫做蕈狀岩。

他們走到一個頸部細到不能再細的蕈狀岩旁，魏伯伯帶她繞著這蕈狀岩，到一個定點停了下來，說：「看，這像不像一個人的頭？」

妍齡左看右看，說：「不像耶。」

「用一下妳的想像力，虛擬世界所有的事情都幫妳設定好了吧，多用用腦袋，看看，這是不是有個額頭的輪廓，這邊，啊，鼻子不見了，下面有點嘴巴和下巴，妳看看，後邊兒，還梳了一個翹尖尖的髮型呢。看她的脖子，多細長多美。」魏伯伯不厭其煩地講解著。

「噢，好像吧，所以它是女生喔？」妍齡敷衍回答。

「不只是女生，她以前還叫『女王頭』咧。」

「噢。」妍齡隨便他。「你帶我來，就是爲了告訴我她是女王頭？」她想到自己的虛擬人型，恐怕還杵在虛擬城市中的角落發呆，她的朋友如果經過，一定會在她旁邊留下好多無聊的嘲笑，她要如何和他們解釋，她被魏伯伯帶到一個莫名其妙的地方，只是爲了看一個長得像女王的石頭？

「不止，其實我今天是帶妳來見證妳爹的計算，這次我要說，他算得不準。」魏伯伯的語氣有點高興又急切。

「什麼不準？」妍齡有點睏了。

「好久以前，科學家就告訴我們，這個女王頭，在我三十歲以前就會倒下，可是一直撐著，妳看，周圍一堆比她粗壯的蕈狀岩都倒下去了，我才不相信那些比妳爸差勁的科學家說的屁話。但是，最近妳爹告訴我，他以精密的電腦程式計算，說今天十一點以前，她的脖子會到支撐的臨界點，經他整合氣象、海象及潮汐等資料計算出，她倒下後，海風、海浪及地形和她本身形狀，會讓她從這邊往北北西方偏北一點五三度的方位，滾八又四分之一圈到海裡。」

「噢。」妍齡眼睛睜大：「呃，然後呢？」

「然後，」魏伯伯深吸一口氣：「我們十一點過後，會看到女王頭安安穩穩立在她的脖子上，接著，我們回家嘲笑妳父親。」

「那他怎麼自己不來？」妍齡打了一個大呵欠。

「他相信自己是對的，更何況，根本沒有人會在乎女王頭是死是活，說到底，大家不過認爲她就是一塊死岩石罷了。妳爸已經比其他人好了，至少還替她算命。」

「可是，死活到底有什麼關係？」笑他又值幾塊錢，兩個老傢伙的比賽很無聊。

「別吵，十一點快到了。」魏伯伯開始聚精會神。

說時遲那時快，一陣風吹過，女王彷彿活了過來，擺了一下頭，神似看著魏伯伯最後一眼，嘆氣般轉半圈，朝西北倒了下去，「一、二、三、四、五、六、七、八」兩人異口同聲，數著女王頭以不可能的姿勢及慢速滾著，好幾度幾乎快停了下來，接著倒進海裡。

「天啊，爸爸好強，他算對了。」妍齡勉強尖叫應景，這個世界實在太安靜了，不像在虛擬世界，她做什麼想什麼，只要有徵兆，耳邊就會響起不同的情境音樂。

魏伯伯沒答腔，他上前摸了摸那無頭細頸，像一座廢棄的尖塔，過了好一陣，他才落寞地說：「什麼都算得出來，這世界還有什麼意思？」

海風把魏伯伯一頭白髮吹得狂亂。

陰沉了半晌，他才笑顏逐開：「至少，女王終於可以去海裡洗頭了，不是嗎？打從她出生後，就沒有好好地把頭泡進水裡過享受洗頭真正的快感呀，不像妳爸，想洗沒得洗。沒頭髮嘛哈哈哈……」

「嗯。」妍齡開始高興爸爸打敗了魏伯伯。

跨上水上機車，魏伯伯騎經林添禎雕像，繞了半圈停在雕像旁，挺起身體危顫顫墊著腳，站在機車的邊緣，魏伯伯喃喃自語：「好久不見。」然後轉過頭，和他一樣擺了個插腰的姿勢，問妍齡：「像嗎？」他沒等妍齡回答，便又轉身靠著銅像肩膀微微磨蹭了幾下，握了握雕像的手臂，說：「好險，我父親已經走了，老兄，你說是吧？」

妍齡覺得魏伯伯高大又佝僂的身軀看起來好皺好老，她厭惡地空踩幾下油門，催促他別再耽擱時間，她自有一個虛擬的永恆世界在家裡等著。

5 魏雨繆

母親終於死了，死亡第二次降臨。肉體之死在精神之死亡後許久才姍姍遲來。

第一次，我是元凶，第二次就是衰老，如此自然而然的事在不久的將來也會完全操控我。

不論母親的死亡多隱密，還是至少得通知姊姊那一家子。

母親的死亡對於姊姊，如翻箱倒櫃整理出的舊物，沒見到也絕不會想到，一旦發現了又會考慮良久要如何對待？不過，母親的死，意味她最後一次必須做這決定，選項簡單，就是奔喪不奔喪。

至於哥哥，我看還是算了，自從他中年聽到事情原委因而中風後，就只能在療養院的輪椅上半張嘴淌著口水，說沒人懂的話。但遲早他也會知道，但他離死亡也不遠了，何必刺激他加快腳步呢？他的妻兒（聽說孫兒也有了）早就棄他不顧，對他唯一的關心就僅是到銀行匯錢給療養院，其餘一概不管。

即使看見我對他都是一種刺激吧？

母親每天早上都會去樓下的便利商店買早餐，無一間斷，兩天沒去，事情很明顯。

那時，離她隔壁兩條街地勢比較低處，已經變成河流和湖泊，這區的繁華已經遠去，大家紛紛遷離，有了之前的經驗，人人都沒有太多抱怨，默默承受了這些後果。

即使所有的排水系統和堤防都已經在短時內更新，所有的科學家都絞盡腦汁，我心愛的物理學家也貢獻了不少心力。

他只是個先知，他能精準告訴大家苦難的開端，卻無力阻止。人的能力有限，就算現在有多少精密的電腦，多少栩栩如真的模擬程式，都還是挽救不了滿溢的海洋。

甚至有科學家提出，乾脆把多餘的水做成燃料，但是這一直有技術門檻的問題，就像多年前就說可以應用的核融合技術，結果都遲遲無法突破。

雲天也私下透露，或許，淹水的事情，等到另一場災難發生才能獲得短暫的紓解，他已經開始收集參數了，他應該可以準確預測出那一場發生的時間，這就是當初島嶼上的人們移民第一首選的天堂國度，將在一次毀滅性的火山爆發後徹底淪陷。屆時，火山灰籠罩全球上空，北半球的氣溫下降，冰河時期倏忽間來臨，海水才有退去的可能。

「到時候，會有兩千五百立方公里的火山灰充斥在大氣層中啊。」雲天苦惱又歡喜，屆時全球的經濟和苦難都會翻轉，各種權勢將重新洗牌，我們用別人的苦治療自己的苦，雲天希望早點預測出日期，至少有個盼望，可惜那些數據都是機密，他即使努力透過各種管道蒐集，能得到的資料還是有限。

「遲早會發生嗎？」我問。

「是啊。」他皺著眉頭彷彿我挑戰他。

「爲什麼一定要知道什麼時候發生呢？」我再問。

他低頭，思考了一會兒，只說，他不知道能不能親眼看到這天的來臨，在那之前，他也只能盡量收集資訊。

不過，當水愈淹愈進城市時，雲天便沉默了。

也因此，母親大樓裡上班的人和居住的人少了，管理員視母親爲少數幾個看守的對象，事情一脫離常軌就會被發現。

或許她覺得是時候了，她無法再仿效孩童，樓下語言中心的語言早已被她學光，而在水淹進城市後也停止營業了。

她沒辦法一再返老還童，只能毫無辦法衰老，她最後學的語言是越南文，已經超出了市井寒暄的程度，每次去找她時，她都顯露出不安焦躁的神情，那本課本她都已經接近熟爛，她將要踏進語言青春期了，她忐忑抗拒，可是她知道沒辦法，她也拿以前學過的語言從頭開始，老人家雖然學得快忘得快，但好歹重複幾次後，也很難再忘掉了。

一切都告訴她，該前進到下一階段了。

然而，她沒力氣再去創造一個重返孩童的嗜好了。

更何況，這附近她所賴以維生的場所也一家家地關門，像海頓的告別交響曲，演出末了，每種樂器各自下台一鞠躬，最後只剩下兩個演奏小提琴的樂師孤獨演奏。

結束時，舞台上沒有任何人。

可是我很想念母親，即使她幾乎不和我說話。那是我應得的。

當這個落入俗套的想法指使我這麼做時，我並不意外。

可惜這念頭來得有點晚，管理員通知我後一週，母親火化，在這當中，我被死亡牽連的瑣事搞得焦頭爛額，還得處理遺囑，彷彿她仍在世。不同的是，這件事一定要我代勞，她不能像處理那些便當般不服從我的好意，這週雖然忙碌，但回憶起來，我竟有滿足的感覺。

簡單的告別式，出席的只有我和姊姊及代表哥哥的嫂子。我早就成家立業的的姪兒甥兒們各以不同的理由拒絕出席：國外的，認爲此地區危險不願回來，姊姊聽說還是經過一番在機場的生離死別以及通過高額保險後，才決定返國的（或許幾年後，他們想回來也回不來了）；國內的，連自己的父親都懶得理的孩子，當然和他們的祖母也不親。她舊時的朋友早沒往來，就算仍在這個世上，我也不知道如何聯絡，就省了。

我沒告訴父親。不干他的事，他在安養院可安穩呢。

我只和雲天稍爲提了一下，說最近會比較忙，這件事不用宣揚，他嗯嗯了兩下，就拋到腦後。

捧著骨灰的當下，忙碌已經告一段落，我突然有了這個念頭。

我想寫一篇訃聞。

我的想法竟是，我沒寫過所以想試，魏晉時期的蔡邕，不就是寫悼文成名的？前人爲鑑，那我寫寫又何妨？

於是我將骨灰罈放在電腦旁，構思成篇。

我房間的窗户上，掛著一副深紫色的手染布窗簾，這不是專爲服喪所購置的，離開母親後，這副窗簾就一直跟著我。

之所以深得我愛，不是因爲顏色，是窗簾邊緣垂下的一絲絲黑色細棉線構成的流蘇。

光線會透過黑色的流蘇映入我的眼簾。陽光直射時就如日蝕，邊緣透著詭異奇光。

後來我才搞懂，我之所以喜歡這窗簾，是因爲我意識到自身的存在時，我所見就類似這一方風景。

那不是窗簾的流蘇，是我母親垂下的長髮。

我從晃動的內裡看到長髮後所遮蔽光影閃爍的世界。當時還沒足夠的詞彙供我思考，我只是朦朧感到我是我，不同於其他的人，我被圈養在這樣的身體裡，掙脫不了了。

或許當時我正在母親懷裡假寐，她沒發現我已睜開雙眼（或是，我從那次入睡後，就從來沒清醒過？）。

可是我很安心，伸手探了母親的頭髮，一陣淡淡的香味，我因此無法闔眼。

原來母親正照著鏡子。她抱著我坐在沙發上，似乎對臉部的某些地方不滿意，趁我睡著時趕緊看看。

我在鏡子移動的某個角度下，看到了自己的面容，沒什麼好抱怨的，我不知道當時對美感的價值觀是如何養成的，總之，我對自己當時的長相不太滿意，然而眼睛是眼睛，鼻子是鼻子，並不如莊子故事裡的中央帝那般混沌，故不能嫌醜。應該算是能討人喜歡的臉。

我在鏡中也看見母親的面容，當時的她是中年人了，十足的高齡產婦，當時我的兄姊都已經各自有男女朋友，一隻腳已踏出家門，我和他們的成長幾乎一點關係都沒有，我是個提早報到的孫兒。

我和母親是這樣認識的。之前一定見過，但沒有任何明顯的畫面留下，孩子識人的方法嗅覺恐怕多於視覺。

那時是在兩歲到三歲之間，母親幾乎全是我的。

小時候父親常笑說，我是意外的孩子，所以外公幫我取了這樣的名字，母親會跟著笑，但是後來，她卻笑不出來了。

母親在養育兄姊時是有工作的，她從商職畢業後便在一家小型的貿易公司當會計，外公說，母親小時候在家裡像公主一樣被疼愛，沒人敢欺負她，所有事情也都依她，只有到外地念書這件事讓他們兩老放心不下，幸好遇到父親，他幫忙安排了母親在城市的大小事。

小時候，母親總說，父親是到城市後，才知道如何和人相處的，畢竟他念的是師專。他不想再回到家裡，只好面對大眾，面對學生，反正裝久就習慣了。

母親或許不想我提到父親這段，但我不得不提，因爲這是母親生命中最安穩的時光，至少在這段水晶玻璃包裹起來不會毀壞的時光中，母親曾以爲這會持續到永遠的，所以，我認爲她會希望從來沒有以後的事情發生。

我從兄姊及母親和我所說的零碎片段，拼湊出母親踏入婚姻陷阱前的那段商專的歲月。

我停筆，到底，我該說婚姻是陷阱，還說是個過程？因爲，問題的癥結，根本不在於父親的行爲，婚姻是個奈何橋，上了就無法回頭了。

所以我還是輕描淡寫著「拼湊出母親踏入婚姻前那段商專的歲月」就好了。

她那個年代雖然已有自由戀愛，但是，男女的交往還是頗爲保守，她和兄姊說過，念書時隔壁班有個人想追她，就約她到學校附近的冰果店吃東西，結果被班上其他同學撞見消遣幾句之後，兩個人也不敢繼續往來了，可是關於他們交往的傳聞卻流傳到畢業，保守造成更多的好奇。

後來在商場上遇到那人，他變得油頭粉面，聽說事業有成娶妻生子，還包養好多姨太，實在很慶幸當時所謂交往只停留在流言，否則，那個整天只能在家裡照顧小孩、還得不時聯絡徵信社的黃臉婆恐怕就是她自己。雖然那人身上的行頭各個金光閃閃，可是母親還是記得當初他在冰果店時戴副粗框大眼鏡，只要被同學嘲笑就羞紅的臉頰，誰知道他會成爲這種滿身酒氣，只有酒精才能讓他臉紅的老闆呢？

除了這個鄰班的還有一個傻小子，是母親利用課餘時間去一間公司當茶水打雜小妹時認識的，那個傻小子什麼都好，而且還不厭其煩教了母親很多應對的台語，說話放慢速度，給她模仿他的八音，使她可以和老闆及其他員工更爲親近，因此，對母親獻殷勤的機會也變多了。

有了前一次經驗，母親也知道自己不能什麼都等男人回應，可是母親對他的死纏爛打很感冒：送她上下學也罷，她在工作時還聊個沒完，母親不想知道他那麼多祕密，包括以前的女朋友誇他怎麼樣好，或是他的父母可以給他多少錢、土地或房子，不斷地邀約她和他回老家去住，更嚴重的是，他連母親去上廁所時都跟到廁所外面和她說話。

她可是公主耶，她最討厭自己小便的水聲給男生聽到，小時候她總要兄弟遠離茅廁，不要打擾她上廁所，如果有不認識的人或是鄰居在附近，她寧願忍到哭出來，也不願意去上廁所，因此，大家都依她。可是她當時是沒有太多社會經驗的女孩，一時也不知道怎麼擺脱他，幸好，父親在無意間救了她。

肇因於很簡單的小事。

母親住的地方水龍頭出了問題，房東説什麼都不來修，要她自己想辦法，百般無奈下，她想到同村的父親，輾轉要到他的聯絡方式後就請他來幫忙。她那時都叫他阿國，後來我也有聽過幾次，但多半都只有發語詞「ㄟ」，父親就知道母親在叫他了，這也讓我小時候有很長一段時間，以爲父親就單名一個「ㄟ」，以致在幼稚園的頭一段時間裡，我總困惑同學怎麼都會叫我爸爸的名字？

也是那個傻小子活該，白天説不夠，晚上還要打電話給母親，當時我父親接了電話，他聲音低沉，像是想找人吵架，沒想到就把傻小子嚇跑了。

雖然第二天傻小子有問母親那男的是誰，母親靈機一動，就有點嬌嗔地回答「要你管！」沒想到眞的了結了一樁難纏事。

母親和父親，是從小在同個眷村生長的，不熟而已，當時母親曾問父親爲什麼從離開眷村後都沒回去過？母親明知故問，原因都在我祖父身上。

任誰提到對祖父的印象都十分惡劣，幸好我出世時他已經走了，聽說兄姊都給他當成拳擊袋般海扁過。父親說，那時祖父的功力，根本不及他和姑姑（我很晚才知道她的存在）小時候的三成，我從兄姊顫抖的描述中，實在難以想像父親曾經遭受的虐待。

所以每當父親要打人，母親就會以祖父的例子阻止他，即便如此，兄姊還是挨過板子，聽說，父親的氣會因母親的話而減少一半，也會下手柔軟點。母親是我們的庇護傘，雖然我出生時，父親已經不太教訓小孩了，除非事態嚴重。我從小以獨子自居，外地求學的兄姊彷彿過客，平日，電話才是他們的眞身。

小時候，我根本沒把他們放在眼裡。

母親知道他的恐懼後，不斷說服他遲早要面對祖父，父親才由母親領著，返回家門，聽說那時祖父見到父親，母親還來不及多說什麼，就見他木棍狂掃，虎虎生風，口出現成的國台語山東話和自己臨時想到各種蔬果和男女性生殖器湊成的髒話，隔壁的鄰居說，已經好久沒見他如力士上身那麼精神了。

父親不知道怎麼反抗，最後是由幾個鄰居動手架人，才把祖父架開。

那天父親只好暫住在母親家，母親拿出護理課學的東西幫他擦藥包紮，似乎也沒有說定什麼事，但是之後，他們就眞的成爲一對了。

我爲什麼需要巨細靡遺地在訃聞中描述母親和父親相識的過程呢？或許這整段，只需要簡化成「父母從小就相識，但是在一場由祖父所釀成的意外後，竟成爲一對佳偶」這種八股的句子就好了吧？

我只是試圖證明錯不在父親。

我把深紫色的窗簾拉開，下午的陽光照進房裡，以前到此時，就是要接送妍齡的時間了，可是她上高中之後，已經明白表示不想我這麼一個老保母一直跟在身邊。

我也老了，時間一到，瞬間的白髮暴增，讓我無法習慣，另外，我總以年輕人的心態和體力自居，運動從不間斷，在健身房，還有很多人好奇並和我請教保持體態的方法。不過，現在懂得保持體態的年輕人已經銳減，在虛擬世界裡，人們的體態可以隨時改變，完全不費氣力，誰還要花時間維持？

我還聽雲天說，那女人最近和妍齡走得很近，我能阻止她們相見嗎？母女連心，總比我這沒血緣的親。我和她的親，是我一廂情願給自己的彌補。

我昨天才知道，妍齡改回姓「宋」了，這段時間忙母親的事，我只能把心中的疑惑先壓下來，反正，沒有什麼事是等不及要去做的了。

事情遲早會敗露，如同昨天我給母親燒的紙錢，我懶得拆開，整捆丟進火中，中間的那些紙錢，仍會在火燄的侵蝕下，由外至內，一張張捲成黑白相間的灰燼。

我彷彿看見了公共金爐旁圍著一圈佝僂著背脊的亡靈，慢動作地伸出手，撿拾那些在火燄中慢慢成型的冥紙，相互耳語（欸，這張是我的，那張，欸，別拿錯了，是他的……），裡面沒有母親的身影。

即使臨到死亡，妳還是拒絕我。

在這個時代，靈魂還存在嗎？

科技已經進步到可將人的思想儲存在虛擬世界，當你無法控制虛擬世界的分身時，程式可以經由你平日慣常的行為模式，幫你做適當的應對，目前聽說一看就知道，因爲很呆，但不久的將來，這個虛擬身分，想必是會是眞假難分的。

不過，至少不會讓人做錯事，多好的虛擬身分，讓一切得體，合乎禮貌，沒有額外的插曲，虛擬世界，讓你回到任何一個你想去的時空，讓你和古人談笑風生，塑造出合意的朋友情人，永遠不會讓你生氣，永遠不會讓你發生意外。

妍齡說，她很喜歡這樣，她每天放學回家，就在虛擬學院和老師同學交談對話，寫作業，交作業，在虛擬世界中賺錢存錢更重要，而且，每天可以爲自己變換不同的打扮而不需要費心清洗收拾。看她的房間，就知道現實生活中的女孩子可以邋遢到什麼地步了：吃完的東西不清潔，衣服亂扔，到處都是垃圾……

母親至少還是維持著傳統的習慣，一直生活在現實裡，有生有死。

我轉頭看了看骨灰罈，上面的照片，對著我笑。葬儀社的人問我，要不要使用多媒體骨灰罈，裡面可以記錄亡者的影音資料。日後按個鈕，就可以用3D方式呈現生者的畫面，栩栩如生。可是，母親沒有準備這些東西給我。他們說沒關係，只要給母親的照片和聲音紋路資料，他們就可以依照客戶所撰寫討論出的腳本，編一套完全符合亡者形象的影音檔。

「連語調語氣都相同喔。」葬儀社的人說。

難道，我還要再操控一次母親的生命，連她死亡都不放過？

「眞傳統啊呵呵呵……」我隱約聽到離去的葬儀社人員和同事這麼說，語氣帶有輕蔑和鄙夷。

他們大概認爲我是個吝嗇的不孝之人吧。當今世上，倫理已淪爲科技的奴隸了。

總之，我拒絕葬儀社的提議，只放張照片刻個名字以茲辨認。

我想，假若以後沒關係的人拿到這個罈子，看到照片，還是比只有刻上冷冰冰的名字親切多了。見面三分情，總不會給它亂扔吧？

（難道，之後連骨灰罈和骨灰，都可以虛擬了嗎？那我們這副皮囊，又算什麼呢？）

當人類以過多的方式紀念自身時，歷史便開始廉價。回憶和思念是可以用幾塊錢打發的嗎？

6 宋妍齡

魏伯伯過世時，妍齡曾和父親討論過，父親極不贊同，可是魏伯伯的遺囑將所有的文稿、財產、檔案等各式遺物都給妍齡，父親也拿她沒輒。

那天討論惹得父親氣喘發作，妍齡得耐心等待他一次又一次的平復，她雖然頗感不忍，但想到母親的話，還是這樣決定了。

「連自己母親都可以出賣的人有什麼好幫他辯護！」

「我就是因爲無法忍受和他同住在一個屋簷下，所以才離妳而去，不是媽媽不要妳，他有權力有勢力，朋友那麼多，我不是輸在沒有給你愛，而是輸在沒有打贏養妳的官司。」

「我其實一直知道他和你們住在一起，可是我能怎麼辦？」

「妳父親到底依賴他什麼？從年輕時就這樣，說生活中不能沒有他，可是，他和我結婚耶，整天只知道泡在實驗室，模擬模擬模擬，他有把我當老婆看嗎？」

「妳不要給他的花言巧語騙了，有名又怎樣？簡直是惡魔！衣冠禽獸！好險妳是女生，想當初，假使我生的是男的，早就被調教成他的男寵了，在他身上占著妳老爸和妳身上占不到的便宜。」

「想當年，我也是雙臂敞開，歡迎他來我們家的，後果就是，我走。」

「……」

母親的謾罵言猶在耳，妍齡盡量保持清醒，她說服自己，如果要做這件事，和母親一點關係都沒有，不需要牽連任何人，可是，她知道一定得來找母親加深她的決心。

很久以前，她就開始偷偷地恨了，她沒和任何人講，因此她在母親面前總是要裝作愁容滿面或吃驚的樣子。

必要時，她可以扮演一張白紙，不管在現實還是虛擬世界，在虛擬世界裡這更不費力。她總是以兩三個身分同時出現。雖然她在操控其中一名身分時，就得讓另外兩個身分停滯，若要做到萬無一失，設備就得升級，她現在的經濟狀況很不好，即使在虛擬世界裡的錢幣多到花不完，但她若沒有好的設備，是無法好好享用虛擬金錢的，太多的虛擬產品和功能，以她老舊的虛擬處理器「幻遊23」機型，是無法使用的。

比如，她無法食用虛擬食物，新型的「幻遊47」除了視覺效果更加立體、畫面顏色更有層次感之外，還有嗅覺味覺刺激器、灌食器，只要在烹飪孔中加入食物粉，就可以在虛擬世界的餐廳點菜，品嘗世界各地美食的味道。聽說口感刺激器還在研發，這個階段的食物有點不眞實，但是，一想到她就可以省去廚房雜務，她就覺得十分值得。

「幻遊47」的皮膚介面也十分精良，號稱比人體皮膚受器還多的奈米受器，在那一層薄薄的感應衣中甚至可以偵測眼皮跳動的狀況，對於大腦反應區的控制更精準，不會讓人產生和眼前該有的反應不相襯的狀況出現。「幻遊23」有時就會讓感覺錯亂，有次是嗅覺和視覺混亂，她當時正在逛虛擬食品店，滿架子的麵包卻不斷浮現烤魷魚的味道，有次，做愛做到一半，突然有身在北極的寒冷，外加雲霄飛車緊繃的速度感，使她不得不停止和對方的遊戲。

妍齡曾在商展中親自感受過「幻遊47」，所有的感覺都能即時反應在虛擬世界中，而且好處是不用全身除毛甚至剃光頭。舊型的虛擬處理器爲了讓感應更靈敏，都必須做一些犧牲，妍齡是剃了頭短髮，如果要出入眞實世界，還必須準備假髮，才不會感覺很怪。

此外，「幻遊47」讓虛擬旅行更眞實。只要接上虛擬旅行器，遠端連接的，是身上布滿感應器的導遊，他會負責在旅行景點幫客戶感受當地的丰采以及氣溫氣候，只要穿上虛擬旅行衣，導遊的身體就是她的身體，除了不能自主控制行動以外，所有的感官都可和導遊同步，導遊所感受的陽光沙灘或是沙漠冰川等顧客都可以感受到（專門術語叫做「附身」），還可以即時溝通，要對方在哪個定點多待，或是拍虛擬照片將自己的影像傳回來，如果出價高，還可以找到專屬導遊，不用和別的買家共用，這樣就更自由了。

當然，功能的提升還可以讓虛擬性愛更逼眞，這是從網路時代開始就一直進步的東西，從早期的視訊、網交、網路遙控性器官，到現在的虛擬性愛套組，虛擬性愛除了有類似虛擬旅行衣的感應器之外，特定部位的觸覺比老式的更敏感，當然還有男女不同的特殊配備，還有多P、SM、獸交等升級配備，包括連線群交。戀童癖也不用在乎道德問題，機器會直接配送一個虛擬的孩童。此後，男女再也不用氣喘吁吁地配合對方，感應器可以依個人的喜好調整。

另外，日本人改良的作愛禮節功能，可以讓女方不怕高潮感來太慢，也讓早洩的男方不再愧疚，軟體一旦感應到了男方的高潮而女方還沒，就會用模擬器模仿男性的動作，直到女性滿意爲止，男方也同時會感到女方的滿意態度。然而，這程式也尚未健全，女生很容易察覺對方的動作和表情變得呆滯，不過最糟也不過就像和一名虛擬夥伴做愛，也讓人尚能接受。在各種致死的性病接二連三地出現後，虛擬性愛就開始大行其道了。

還有虛擬時空、虛擬教室、虛擬圖書館、虛擬絕種動物園、虛擬實境節目、虛擬醫院、虛擬上帝、虛擬死亡（她好想體驗上吊、割腕、跳樓的感覺喔）、虛擬災難（龍捲風、地震、火山爆發、洪水……）等等在虛擬世界中十分有趣的程式等著妍齡用「幻遊47」去體驗。可是，她現在的設備實在很簡陋，也買不起食物粉組合，此外，最尷尬的是因爲硬體無法支援而變得愈來愈容易雷格和中毒，她好不容易創造的記憶往往一夕之間感染了病毒，難以挽救，等同自殺。她也常常和虛擬愛人用機器做到一半就得重新開機，這和她住處的網路也有關係（這棟半廢棄大樓可沒光纖），實在太掃興了。她的虛擬愛人抱怨說，這樣和跟鬼做有什麼兩樣，才來幾下子搞不清楚怎麼回事，人就突然從眼前消失了，眞是嚇死人。

這也是爲什麼她會去找一個眞實男朋友結婚生子的原因。

說到孩子，她很難過的是，也只有她這種沒錢的人，才會送孩子到眞實學校上學，這對於孩子增加了太多風險，現代有錢又負責任的父母親都知道，把孩子關在家裡，給孩子一部虛擬處理器，對孩子面對這個殘破不堪的世界，是最好的選擇。現在更在研發虛擬嬰兒，未來只要能把父母雙方的遺傳因子和心理特徵輸入融合，就會有一個活在虛擬世界的孩子了。這樣的孩子除了欠缺一副眞實的肉體，所有的成長都和眞的小孩無異。父母可以透過虛擬處理器養育孩子，活在虛擬的世界比活在眞實的世界安全太多了。

很多人都只用虛擬處理器上班，有錢人的家裡除了虛擬處理器和專門負責清潔的機器人之外，幾乎什麼都沒有，居家環境維持極簡主義狀態，虛擬處理器除了洗澡和上廁所這兩種功能還沒辦法完全克服，任何事都可以用虛擬處理器包辦。頂級的虛擬處理器還附有虛擬健身設備以及全身按摩功能，能讓使用者的體態保持健康狀態。

但妍齡的設備對百分之九十以上的功能都已經發生支援障礙了。

即便如此，回到現實世界還是一件痛苦的事。

撇開虛擬的設備不談，她眞的很缺錢，島嶼上幾乎沒有產業可言，妍齡只念到生命科學碩士，這個年頭，不是虛擬工程師又沒有超博士的頭銜，是很難找到工作的，如果她不要到外國當傭人（這個缺也逐漸被機器人取代），這就是目前最好的選擇了。

已死之人如果能拯救活者，那是很了不起的事。

大學時，同學得知妍齡和魏雨繆朝夕相處都十分雀躍，採訪作家的團體作業當然就非魏雨繆莫屬，便要妍齡安排訪問。她知道魏伯伯一定答應，可是她很害怕同學問起他們之間的關係，這連她自己也很難說清。

魏伯伯似乎知道妍齡的心事。她高中同班的都知道她上高中後改姓，這偶爾是別人私下好奇的話題。因此，關於自己和妍齡之間的關係，他都輕描淡寫，說他是遠房的長輩，因爲當初「沿海大遷移」的緣故，所以住在一起。

訪問中，魏伯伯向他們描述一個場景，以回答他們關於文學創作價值觀的問題。

「我曾經看過一部電影，」魏伯伯說：「描述是二次世界大戰，日本人進攻位在中國境內、歐美國家租界的故事。」

「我要說的不是這故事本身，而是集中營的一景。那是一個非常殘破不堪的、給歐美百姓戰俘所住的地方，物資缺乏，生活條件很差，有點像沿海大遷移那幾年的難民營，很多人在裡面不明不白地死了。」

這勾起同學們聽父母長輩所說的那些事，他們之中有些人就是在難民營出生的，身邊也都不乏經歷這事件的人，有人也有親人死在難民營。現場竟有人眼眶泛紅。

姸齡冷笑，由沒有切身經歷的人重複傷痛竟然也能輕易地打動人，語言真是一種蠱惑人的東西啊。

「集中營裡有各國人士，像是美國人、英國人和法國人，當時這些國家和日本處於敵對的狀態，因此他們就被關了起來。其中英國人很有意思，他們總是在有限的資源中努力扮好英國人的角色，並靜靜等待戰爭過去。」

「英國人是什麼角色啊？」同學問。

「英國人就是西裝筆挺，即使沒有辦法好好將衣服清理乾淨，他們還是要穿著，盡可能保持清潔。男人戴紳士帽，女人也戴當時最流行的帽子，即使帽沿的線已經脫落，帽上的假花也都壞了。」

「更有趣的是，她們還會拿著鐵杯鐵碗，想像著彩繪雕工細緻的英國白瓷器，搭配著省喫儉用留下來的麵包餅乾屑，喝下午茶。」妍齡覺得這畫面十分突梯。

「當然，死亡是不分國籍的，有天，一個西裝筆挺的英國老人直挺挺地死在床上。然後事情就發生了，一個孩子在眾目睽睽之下，脫了死人腳上的皮鞋，大家都默許著裝做沒看見，保持紳士淑女風度，繼續悠閒地喝著下午茶。」

「這就是我們文學和作家的現況。即使面臨了死亡的威脅，也看到了死亡後會遭到的對待，我們還是得漠視這些，堅持寫下去。」

魏伯伯說完，妍齡看到同學們崇敬的表情，她心中有些作嘔。

妍齡想到的卻是那個偷拔死人皮鞋的小孩，這在別人眼中，即使被裝做沒發現，但到底場面有多難堪呢？

妍齡覺得比較可惡的是，有人在病人還沒死時，就急忙把人家腳上的鞋子脫了。

魏伯伯那年得獎的作品已經是高中生放長假時的指定讀物了。

那部作品得到一個由國際作家聯盟舉辦的亞洲文學獎，希望藉這個獎，引介亞洲的好作品到歐美，同樣的基金會在非洲也辦了個類似的獎，條件是必須同時翻譯成英文、西文、俄文、法文、中文（如果原文不是中文作品）等聯合國工作語言，由這五個語系的文學家共同評審，若能得獎，則會有二十種語言的翻譯出版合約等著他，也有一筆十分龐大的獎金。

魏伯伯是背著家人出版這部作品的。妍齡猜測，魏伯伯當時，大概也只是嘗試一件不可能的事吧！書市已經很萎縮了，最有名的實體書店都倒了，只有虛擬書店在賣書，電子書更是愈來愈普及，其他，只剩下社區書店因可以從別的商品獲利得以苦撐。

純文學的出版品幾乎家家滯銷，倒是教導人民在這亂世如何斷尾求生的書十分熱賣。魏伯伯說這部作品寫好三年後才有機會進到出版社，之後又等了三年才出版，魏伯伯好歹也是個頗受好評的專欄作家，連他都要等待三年，那新出爐的作家更不用說，能在網路引起注意就很不錯了。不過，當時的風氣仍認爲作品應該在於平面媒體刊登才能代表眞正的發表，許多編輯和作家學者，還爲此開了許多次研討會，要在網路和平面媒體尋求一個平衡點。

這是一個一切都將走向虛無的分歧點，有年輕作者批評，掌握發表空間的人老是希望所有創作都能由他們檢查把關，表面上是一種美學的檢查，但實際上這是一種權力的傲慢，在這個人情稿壓縮發表空間、發表版面縮減的時代，這種傲慢更是反自由、扼殺創作的行爲，充其量也都是戀棧權力，希望能支配創作，而文學刊物的編輯們卻委屈地說，他們最歡迎新人的稿件了，如果能看到新人的好作品，眞是高興都來不及了。他們只希望擁有平面和網路首刊權，這怎麼會叫扼殺呢？

魏伯伯當時的位置似乎不上不下很挺尷尬，這些問題，妍齡也曾聽說過，有次她問魏伯伯，到底該支持實體的出版，還是一切都走向數位化就好了呢？

魏伯伯說，這是權力問題，不是文學問題，人總是在擅長的領域找權力。從以前到現在，對抗得來的權力都被認爲是理想的，如各種革命，順從而得來的權力是齷齪的，然而，本質上都是對權力的渴望，對抗可能是利他，順從可能是利己，但難道沒有相反的狀況嗎？難道反抗的人想的不是自己？難道平面媒體都戀棧權力而從來沒想到新人嗎？寫作難道不是一項利己的事業嗎？

眞麻煩，寫東西就寫東西，妍齡決定不涉入這個問題。

這樣的對立讓世代交替有了大斷層，之後的作家幾乎都轉往了網路世界（虛擬世界前身）發展，魏伯伯原本應該也是被淘汰的作家之一，畢竟和他同世代的一批人到最後只剩他了，妍齡有看過某學者的分析，若不是魏伯伯懂得把握時機，請人翻譯，並以這部小說《理想家庭》獲得國際性的大獎使作品在島嶼上大賣（即使買的人也不見得會看），他還名列諾貝爾文學獎的候選人好幾年呢，要不然，他也會是那批凋零作家的其中一員。

可是，跨出了圈子，誰在乎諾貝爾文學獎呢？

批評的言論很罕見，妍齡找到的資料，通常都是歌功頌德的文章，很可惜，這位批評他的學者現在已經不知道到哪去了，妍齡有點慶幸，因爲在她接洽事情的過程中，並沒有受到任何阻撓，如果這人還很有影響力，那她的生活可能就有問題了。

即使有如此批評，但獲得這獎項，的確將島嶼積弱不振的文學風氣打了一劑強心針，更何況這部作品在歐美市場上的反應不錯，並進入歐美大學亞洲文學讀本的名單中，魏伯伯從此邀約不斷。

國內的演講，他通常獨自前往，出國演講的話，他都會要求再接待一個人，就是他的姪女妍齡，因此妍齡在國小高年級到國中，常常和大伯東奔西跑，去過的國家，不下三十個。

獲獎三年後，這部作品成為高中學生的指定讀物。雖然有學者認為讓學生過早接觸這部作品，會讓人失去尋找夢想的動力，但也有一派論述指出，這部作品是面對逆境的預防針。更有性學專家指出，閱讀這部作品，能讓學生對多元的性別發展有所認識，可以藉此學習如何避免遭遇書中主角的悲劇。

然而，一切都在家人發現這部作品的存在後開始變樣。

她依稀記得，當年得獎的時候，她還是個小學三年級的女孩。那段期間家裡紛紛擾擾，先是爺爺突然從沉默的退休老師變得有點聒噪及神智不清得了老人失智症，脾氣很暴躁。雖然心神喪失，但仍是個孔武有力的老人家，看護都要特別請壯碩的。奶奶則相反，陷入沉默的處境，醫師說，是中風導致失語的現象，他們過不久就先後去世了。那段期間，母親父親及伯伯天天爭吵，當然大伯還是很愛護著她的，他總是先分散她的注意力要她到比較遠的房間寫功課或玩遊戲之後，再加入戰局。她聽大伯的話，只要聽到門外的吵鬧聲，就把音樂開大，這樣就能只聽音樂，不管其他的事了。

因此在妍齡的印象中，她還滿喜歡這樣獨自在房間中，將音響開得響亮，如此不受任何人干擾的世界。

上高中前，她也沒讀過這本小說，大伯沒強迫她閱讀，她選自己想看的，直到非看不可時。

魏伯伯的那部小說，就是以一個沉浸在音樂世界來逃避父母離異的小孩開場的，不過，那是個男孩。

妍齡的書，是魏伯伯親自送的，稀有的第一版，當時她才剛要升高中，上面有魏伯伯的題字：

給我最親愛的天使妍齡：

我親自將潘朵拉的盒子送給妳，世界的走向，將由妳決定。

妳永遠的大伯

妍齡倒是很好奇潘朵拉，大伯沒有告訴她這個故事，她查了之後，不祥的預感湧現。

第一版書的背面，對這本書作了如此的介紹：

你對家庭生活，有什麼樣的遠景呢？俄國文豪托爾斯泰說：「幸福的家庭都是相似的，不幸的家庭各有各的不幸。」眞的是這樣嗎？理想的家庭就是幸福的家庭嗎？家庭生活，是喜悅，是苦痛。人降生於世，不能選擇自己的原生家庭，然而當另一條道路浮現，得犧牲親情組成另一個夢想家庭時，主角曹清憶將如何面對這樣誘人的自由？選擇這條道路後，親子關係是如何崩解又建立？閱讀魏雨繆的這部小說，將帶領讀者達到一個自由與道德同等模糊的疆界，套用作者在書中所寫的話，這部作品「可以興、可以觀、可以群、可以怨，邇之『弒父』，遠之『弒君』」，是近年來探討「追尋自由價值」不可多得的佳作。

妍齡看著已經陳舊的書皮冷笑。想到當初同學來訪問時，忍不住詢問的一個問題：「魏先生，這本小說是眞的嗎？」

「孩子，你有沒有看到我序言最後一句怎麼寫的？『哎唷，還好只是小說喔！』我要導正你們的觀念，小說不管有幾分眞假，都一定要從虛構的角度來閱讀，一般讀者很容易犯一個毛病，就是當他閱讀到小說中熟知且知道發生過的事情時，他就會認爲整部小說必定是眞的了。」魏伯伯說：「除了犯了以偏概全的毛病之外，這種讀者還犯了對號入座的習慣。這是嚴重冒犯作者自由意識的行爲，所有的小說都應該視爲獨立自主的世界，小說用現實的材料寫成，和現實相關卻不相等。聽得懂嗎？」

大家默默點頭，妍齡噗嗤一笑，眞是標準保守避重就輕的答案啊。妍齡事後問：「你們聽得懂他在說什麼嗎？」同學臉紅地搖頭。

這個世界上，大概只有妍齡和母親懂，可是不願意承認，反正幾年過後，或許只會剩下她，接著只會有個完美無缺、英雄化的魏伯伯，連他自己都無法辨識的魏伯伯，當然，前提是她手下留情，沒有把那些攸關他名譽的關鍵日記在明天拍賣掉。

這本初版書明天要賣掉。不，時間過了午夜，已是今天。窗外的雨停了。

除了虛擬處理器之外，她不想再住在這個出入不便的大樓了，大水在老奶奶過世後五年之間，淹到了這棟大樓第二層，妍齡在研究所時，獨自居住到這間她繼承的公寓，十年之間，她曾經因為婚姻短暫搬離，後來從小長大的房子被丈夫騙走賣掉，她遂又帶著孩子住回這彷彿孤島的大樓裡。

這個往日繁榮的城市中心已經沒有機能了，妍齡翻到魏伯伯留給她的物品有好大一本老照片，都是房子屋子，有些很明顯是更早期的黑白照片，她仔細觀看，發現這些照片都是按照時代排列的，譬如有張照片是某棟高樓，旁邊放的，就是五十年前的起這棟高樓的照片，旁邊是在更早的磚瓦厝的照片，原來魏伯伯在記錄城市各街區的變遷。

她看到現在居住的這棟樓了。以前這裡是多麼人聲鼎沸啊，樓下全都停滿了機車，行人摩肩擦踵，馬路上的車都快開上了人行道。

現在馬路是河道，雖說是河水，其實是倒灌的海水，河道只是舊有建築存在所形成的劃分，以往所有依照中國大小城市所命的路名，現在全都是河道的名稱，河上偶有零星的小船兜售物品，偶有人駕駛水上摩托車來去，對照當年更顯寥落。

比較可怕的是各種飛行車會在大樓之間飛快穿梭，因此仍有住人的房子，都會在窗外加裝防撞窗，以前車禍都發生在馬路，現在可能發生在各處，包括家裡。飛行車剛上市的那幾年，好多人都因車禍死在家裡。幸好最近幾年，虛擬處理器大行其道，有了飛行車模擬功能，感覺十分逼真，撞車時沒有生命危險，導致很多飛行車玩家也很少實際操作，湖區因此又清靜不少。

當然，大樓在，只是從二樓和三樓間多搭了一個入口。這種大樓多已呈現半廢棄狀態，住在裡面很危險，因為飽含鹽分的湖水，會侵蝕房屋的基柱，已經發生好多公寓大樓倒塌的意外了。有時候更是，飛行車不小心撞到，結果不只是其中一層毀掉，整棟公寓也就這麼倒了。

即便有如此風險，這棟大樓也幾乎有三成住了人，住在裡面的，通常是沒辦法的邊緣人，只能靠虛擬世界和外界接觸，虛擬世界人人平等，當然，有高級處理器人更平等。

誰願意留在濕氣那麼重的地方？只因虛擬世界是那麼潔淨美好，可以讓這些人暫時忘記身處的糟糕環境。廢水垃圾可全部倒進廣大的鹹水湖裡，有些樂觀的居民說這是填海造地，大家努力一點，或許幾年後盆地城市又因垃圾重生。然而天氣一熱，淤積的海水就蒸得臭氣熏天。最近還流行潛水大盜，專門潛到大樓底下的出入口進來行搶，有些節目竟跑去訪問這些人，他們大言不慚地說這是一個新的大航海時代，他們是尋寶不是打劫，反正很多東西都是沒人要的，現在骨董市場行情仍然很好，懷舊市場也不錯，尤其是橡塑膠等有價值的停產品，可以賣到很好的價錢。

可是，住在這裡的人通常都沒警衛，只能堵住入口，偏偏這些傢伙設備精良，可以一路過關斬將，受害者常被洗劫一空，有人還因此喪命。和古代的大航海時代一樣，這些人眼中，只有自己是人類，其餘的都只是擋路的，人類從古到今都沒有變化。

妍齡提心吊膽的日子過太久了，怕有天會輪到自己，這也是動念賣東西的另一個原因。

只要有錢，就可以完全逃離這個恐怖世界，錢才能讓自己變成眞正的人。不論在虛擬的還是眞實的世界裡，錢啊！

7 她

她終於找到一個可以安身的地方。這間套房是大弟出獄後幫她找的。

房間在城市中央住商混合大樓的第十層，往窗外看去，可以看到較矮樓房的屋頂以及高樓，連綿到城市邊緣的山坡。

視野很好，適合獨居。

大弟說，那事若早發生個五年，阿國可能就死無全屍了，他會帶兄弟去把這件事做個了斷。

現在他要姊姊放下就好，畢竟人來去這世界都是孤伶伶的，提早適應沒什麼不好。她沒有告訴大弟，讓她難過的倒也不是阿國，生活在一起那麼久了，原有的愛情早就淡而無味，對方只是一個讓她生活不虞匱乏的人而已，如果不要活在同一個屋簷下，倒也不至於讓她眞的崩潰。

她還是有爲此事落過淚，但讓她最難過的是小兒子雨繆，和她最親的小雨竟在這個時候斬釘截鐵地要跟著父親。

那天她奪門而出，在外遊蕩了一晚，告訴自己，這都是幻覺，不可能的。女兒遠在異國，根本對這件事沒有反應，大兒子和父親吵過，但聽他說，小雨竟然幫父親腔。大兒子後來就因激動而中風了。

有一天，她發現，最好的方式就是假裝從沒有過這樣一個完整幸福的家庭，才能避免停止傷痛和惋惜，一切重新開始。

她不知道自己到底做錯什麼。

幸福是包裹苦痛的糖衣，糖衣溶化後，裡面的滋味讓人措手不及。

就從牙牙學語開始吧，做個嬰兒，做個只會被人呵護不會被斥責的嬰兒，沒有責任沒有義務，每說一個字都是一種驚奇。

或是，假裝任何事情都沒發生過。

搞不好，她的哥哥弟弟橫死時也不知道發生了什麼事吧，以爲日子會照常下去。

暴死者的面孔通常都帶著錯愕。

民間不是有「枉死城」的傳說嗎？枉死城或許不是一個確切的集中營，而是泛指人死後循日常生活活下去的概念，因此幾乎感覺不到任何痛苦。枉死城中，人只會看到別人死，但不會感到自己的離去。

所以，在這個錯縱複雜的枉死世界中，大哥被敲了腦袋，他感覺到痛，回頭奪下人家的木棒，反而把別人敲上西天，定睛一看，這人不是彥昌嗎？他抹抹頭上的血跡回家包紮，男人有道傷痕，更能增加男子氣概。他大哥的地位了，也更加穩固了。

他因為過失致死關了一陣。關過更威風，阿蘋仍和大哥在一起，阿蘋在他坐牢時搞七捻三，和她的哥哥都姘上了。

她某天回家時，隔著布幔，在兄弟們睡的大通鋪旁邊，她睡的那一小方榻榻米上，隱約看見阿蘋和二哥和三哥的黑影晃動呻吟。布幔被窗外的微風掀起又闔上，風吹起的瞬間，阿蘋半張的雙眼不時被落下的布幔遮住。阿蘋一定看見她了！她心一驚，阿蘋不時抓住不知是二哥還是三哥想要回眸警戒的頭顱。她感到阿蘋的善意。

阿蘋鹿瞳般的大眼睛在和她說話，嘴巴半開半闔，她太習慣操弄男性的身體，擺平這些緊張兮兮的青少年不需花太多力氣。她很確信，在那布幔開開闔闔的當下，阿蘋正誘惑她，即使無法精確捕捉阿蘋的每個字句，但她仍能感受到一股渴求的氣氛。也許阿蘋眞正愛的是她？

阿蘋每次來拜訪，見到她，往往連大哥回來了都不搭理，和她握在一起的手會收得更緊。

（阿蘋會在下次來時，悄悄和她說，這都是大哥交代的，要她多多照顧兩個弟弟。）

因此，在大哥的枉死城中，阿蘋會和三個哥哥其中一個結婚，也可能是，和三個哥哥結婚，生下一堆搞不清楚誰是父親的孩子（這些孩子有靈魂嗎？）。

然後，在這個版本的大哥人生中，那個甘肅老頭腫脹發霉的屍身，會在某個寒流來襲過後的夜晚，被附近的鄰居循著腐肉的氣味發現，死因是心臟病發。

沒人會記得他。

是個幸福的結局，不關乎別人的幸福結局。

她接著想，我會成爲阿蘋的地下戀人嗎？當她融入我們家後，某個深夜她會抱著我嚎啕大哭說，她接近哥哥們只是爲了能更接近我！在這個枉死城中，我會接受她嗎？我會老實和她說，我愛的是她哥哥阿國而不是她。原本應該是我要竊喜並利用她，怎麼現在豬羊變色是她利用我呢？她會抹乾眼淚說，這樣也好，我們親上加親，我們的兄弟身上都有我們的一部分，我們將會藉著他們和我們的結合而結合，她和我兄弟的孩子就是我們的孩子。

是這樣的嗎？她懷疑，阿蘋不矜持含蓄，我也不是這樣，當年的我只是個樂觀的公主，一直到現在才知道世界的善變，若阿蘋現在還活著，可能就是我最緊密的依靠吧。

她和阿國的婚禮上，男方的親人只有他的母親從東部趕過來。爲了拖住阿國的父親，不要在婚禮上讓他和母親相見（搞不好會上演全武行），於是阿國囑咐阿蘋拖住父親，把他灌醉，或用些別的方法，她想接過電話說都不行，她覺得很對不起阿蘋。

小時候的傳聞又上心頭，她不知道要如何問阿國，據說公公錯過婚禮後，曾經到她娘家鬧場，一根一公尺長的木棍打散了門前曬的所有衣服，打落了好幾粒半青不熟的芒果，凶狠至極，父母縮在屋內不敢出來，這個山東老粗漢倒是被兩個已經開始混流氓的弟弟打得頭破血流歪了回去。之後，阿蘋就嫁給甘肅老頭兒了，她代表阿國回眷村參加婚宴，阿蘋的父親倒是喝醉酒很開心，說話都糊成了一片，沒人聽得懂。

阿蘋握著她的手，許久都說不出一句話。

家門前的芒果樹也通靈性，被老人家狂打後就再也沒結果了。

人會老，樹也會老。

阿蘋去世時，阿國完全沒有悲傷的感覺，讓她覺得很可恥。

如果阿蘋沒死，在她的枉死城中，她不過就是生場病，醒來之後，還會和善地摸摸那隻咬傷她的狗道別。

在阿蘋的枉死人生中，她會和自己一樣有幾個孩子嗎？她們可以交換育兒經，互幫對方坐月子，她一定會幫她逃出眷村結伴一起到城市做鄰居。或在她的老丈夫去世後，沒有留下一兒半女，她會回頭來找我在這個艱難的時日伴我。

她突然意識到，自己只在艱難的時候才會想到阿蘋，總是在需要阿蘋幫忙時才會眞正地拜託她，我並不是個能和人同享樂的人啊！

那三哥、小弟各自的枉死城，又會是什麼樣光怪陸離的面貌呢？三哥還是如傳言所說，是殺人不眨眼的人物嗎？他的世界是否除了他將一無活口？小弟則繼續在他沉醉的迷幻世界載浮載沉，做一名愛國毒梟，只用國貨，並在深山野地開闢祕密農場，栽種妖媚的罌粟、大麻和古柯，然而終究逃不過伏法，在臨刑之前的清晨，他會像那些眷村出身的江洋大盜那般，高喊什麼什麼萬歲嗎？在伏法後，是不是又進入另一個無法輪迴的枉死世界呢？或是，他會在那座枉死城裡，嘗遍各種毒品，遊走在各種不同程度的迷離世界而無法返回肉身，因此根本沒有枉死的問題了？

那些在他們的枉死城中，因爲他們而枉死，或是他們所見到的各式枉死之人呢？世界總是由枉死點綴，如那些因車禍、空難、槍擊、被砍、被劈、墜落、中毒、噎死、氣死、溺死、絞死、割腕、燒炭、氣爆、掩埋、颱風、海嘯、雷擊、龍捲風、地震、火山所身亡之人，是怎麼在枉死城中的枉死城，繼續生活的？抑或他們只是枉死城裡無靈魂的布景演員，收工就沒事了。

枉死城或像可以流通的泡泡，角色互用互換，但大家都很幸福圓滿，每個人都會活到自己滿意覺得該死的時候煙消雲散。

常常聽別人說，當日子過不下時，就調度未來的自己來抵擋當下的難關。她沒有未來了，她只好調度已死之人應有的未來，以及在那虛構的未來中的自己，以抵擋當下的難關。

（我在別人的枉死城中，是個幸福美滿的角色嗎？）

搞不好我早就死了，現在就是過著上天希望我能過完的年歲。她追溯自己到底是否錯過什麼意外？

因此，她常常有衝動想和路過的人問老闆是誰？上帝眞主或是玉皇大帝佛祖？請祂們喊卡吧，我不想演下去了，早早回收我的靈魂分類再利用吧。

所以，這個世界她是主角，她扮演離婚婦人，她要用自己的方式不配合所有的安排。

之前她也算是配合夠了，她從結婚前就是賢妻良母了，不但幫阿國上藥還餵他吃飯，即使自己事後受到傷害也不吭一聲。

阿國當老師之後，比較知道應對進退，眷村的那幫姊妹知道她嫁給阿國，各個都酸了起來，她也懶得和她們多說，阿蘋和幾個兄弟相繼死了或進監獄後，她就被孤立了，除了年邁的父母唯一和過往的聯繫就是枕邊人了。

兩人在眷村裡算是不相往來的人，然而到了大城市，經過那次修繕事件，便自然成爲彼此的浮木。她早知自己愛他，即使她曾是公主，也無法逃離所有情人的必經之路。

他所有的缺點，在她眼中都是可以合理化的，而他的優點，更脫胎換骨達到了品德的境界。

他是個大男人主義者，幸虧是好的那種，負責任，有擔當，大事小事決定權全都在他，連她的私事也是，雖然他的語氣總是木訥而委婉。

他早她先畢業，到了郊區的中學任職。

「如果妳租的地方太貴，可以和我分租同一間房。」獲得教職那天阿國突然和她這樣說。她吃驚了，在這之前，她們只牽過手。

「你有幾個房間？」她問。

「一個房間。」他說。

「那我住哪？」

「你可以住房間，我睡客廳。」他看著地板說。

她說，不如我們去看看那間學校吧。

他們換了兩班公車到郊區，經過大片的田野和幾叢樹林，公寓平房都集中在一起，三三兩兩，房舍外就是荒煙蔓草。

看到綠色的田野，她生活在城市所壓抑的心情慢慢舒展。學校附近還算熱鬧，隔著圍牆就是一片花圃，她頓時愛上這裡，她覺得這是阿國給她的驚喜，他沒有送她任何一束花，這次卻送給了她一片花海。

阿國沒花半毛錢，就把她騙到那裡同他居。眞蠢，她想。

那天他們漫無目的在學校附近遊蕩，看到招租的紅紙就敲門問，後來到了一間寡婦獨居的公寓有房間出租，一間套房裡有床、桌子和衣櫥。寡婦說自己住另一間房間就好，反正客廳廚房也都是她的。另外還剩一間房，是預留給寡婦到美國念書的兒子回來住的。

面對花海的房間讓她流連不已，還可以聽到學校報時鐘聲，阿國在和寡婦議價，她卻開始規劃床要挪到哪，跟自己很久的塑膠衣櫥要放到哪，哪幾個抽屜歸阿國，哪幾個歸自己。

「走吧，太貴了，我租不起。」阿國的聲音瞬間把她的心思扯落谷底。

「啊……」她問：「多貴？」

「兩千元一個月。我的薪水只有三千五。」他說。

「不是說分租嗎？我也可以幫忙分啊。」她語氣有點急了。

「是啊，本來要租三千的，看你們夫妻倆是老師我才便宜算的。」寡婦探頭說。

「什麼？」她驚呼。

「對呀，所以這樣已經算很便宜了。」寡婦繼續說。

阿國突然牽住她的手問，那妳覺得呢？她渾身發熱，支支吾吾。

「我怕她會以爲妳不是良家婦女，所以就撒了個謊。」出門後，阿國如此回答。

當時她欣喜羞恥交錯，這招眞狠，決定的人終歸是他，但已經來不及了。

她開始過每天搭四班公車上下學的生活，放學後，兼差量也增加了。

爲了賺錢，她只好轉到夜校就讀，白天可以花多點時間在工作。

後來不小心懷孕了。

兩人都有點驚惶，她喜的是阿國終於決心要娶她，算得上負責，憂的是，她不知道家人如何看待這件事。她還沒畢業，在這時間點突然要結婚，沒給理由似乎也怪。

可是，再拖久一點，連早產這理由都不能用了。

她眞的希望擁有這個孩子嗎？房租、上課、上班，已經壓得自己喘不過氣，生了還有力氣照顧嗎？她每天早上和晚上在漫長的公車上都在想這個問題。

阿國卻沒有想那麼多，他認爲孩子是遲早要生的，現在薪水還算固定，養個小孩應該還可以吧？以前在眷村，窮歸窮，每家的孩子還不是一個接一個生？大不了先註冊結婚，反正人都已經住在一起了。

她思考良久，只有一個條件，就是至少要回村子裡和兩方家裡都說過才行。

阿國希望能找幾個朋友公證就好，至於自己的父親他實在不想見。

她卻威脅說你就是不想娶我吧？鬧著要分手，好說歹說之下，阿國還是被她拖去眷村了。

她的父母當然歡迎兩人，好日子過了一天，她要阿國帶上厚禮，把阿國拖到他家。

不出所料，阿國沒看到阿蘋，面見到自己的父親，馬上就被父親痛毆。這幾年在外地鍛鍊出的高大體魄，面對父親卻完全萎縮，任打任罵，彷彿只有當父親沙包的份，差點連一起去見公公的她都一併揍下，他護著她，她聽見各式破空的聲響從耳際閃過，兩人最後唉唉叫逃到她家。

「看吧，妳要回來的後果。」他躺在大榻榻米上虛弱地說著。

她很羞愧，幫他包紮好傷口就到廚房去忙了，她的父母則認定了保護妻子的女婿，覺得他有情有義。

望著無趣的天花板，看著蜘蛛在角落盪來盪去結網，一聽到她父母和她在廚房餐廳忙碌的低語及剁菜聲，就覺得很煩躁。

他不喜歡這麼一直躺著，他很憤怒，然而這股憤怒卻無處化解。

他眼睛四下張望，漸漸熟悉了幽暗的房間。

他看到了一個熟悉的物品，他的籃球在櫃子上方。

錯不了，一定是他的。他用攢下來的錢花一百塊買的一顆籃球，打到最後，表面都磨平了，破損的地方是拿去體育器材店補好了再繼續用所累積的。

這顆球是怎麼到這裡的？

他忍著痛，伸長了身子把球搆下來，失去彈性的球，落到地上，噗的一悶聲沒有彈起。

球的後面，還有幾個破掉的骯髒籃網。

她進來了。

「妳家怎麼有這個？」他問。

「這，你說呢……」她囁嚅。

「這是我的嗎？」他語氣有點不好。

「是呀，怎樣？」她佯裝生氣。

「妳從哪裡偷來的？」他繼續問。

「你妹給我的，你又沒帶進城又不回家，她嫌放在家裡占空間，就給我啦。」她氣急敗壞地說，耳根子紅了起來。

「那網子呢？網子又不是我的。」他直接切入懷疑點：「這不是體育老師換的嗎？」

「你妹幫我和體育老師要來的，她那時候和體育老師好嘛，就順便順便……」她不甘示弱。

「好。」他吼了長長的一聲好，便不說話了。

第二天，阿國把那顆球帶去充氣，和她說，走。

他還是一拐一拐的。

「咚咚咚……」籃球場上運球的回聲飄蕩，她突然覺得像他穩當的心跳聲，她從來沒想到，多年後，可以正大光明地以人妻的身分坐在籃球場邊緣看阿國運球投籃，並可以恣意加油。

她原諒了阿國昨天的無禮。

她冷不防阿國吼了一聲「接著」，那顆籃球從地上彈起朝她身上砸過來。腹中劇痛，她慘叫跌坐在地上。

見她慘跌地上，他覺得有東西被釋放了。他也覺得厭惡，不過輕輕地打到一下，有必要叫成這樣嗎？接著才想到，腹中的胎兒。

他眞的沒有想到腹中的胎兒嗎？後來他懷疑，難道，他不是騙自己？他爲了報復她，而由潛意識驅使對她下手？

和他父親有什麼兩樣？他曾目睹父親把母親隆起的腹部打得皺了下去，流出一堆血和模糊的肉塊。

當時，他卻如小時候看著母親那樣，恍惚地看著她滴血，過了一會兒才清醒。

他送她到醫院，從頭到尾沒說一聲對不起。

如果早墮胎就好，也不會發生這些事。她天眞地想。

雖然身體虛弱，她還是享受他在醫院對她的照顧，他們欺騙父母，還請醫師圓謊，說被球打到有點內傷，休養一下就好了。

雖然孩子沒了，但是心情輕鬆不少，這是他的錯誤，不是她的。她幻想爲了彌補這個重大的過錯，他以後會對自己加倍好。她是個小偷，從國中就偷偷喜歡他，偷偷蒐集他的東西，卻從來沒和他提起，他甚至不知道她就是躲在籃球場樹叢後偷偷看他打籃球其中一名女生，這是她偷戀的懲罰，如果能和他結婚，這點小痛苦算什麼，反正孩子還能生，這樣也不用之後和家裡以早產扯謊。

婚後，房東寡婦被孩子接到美國，離去前他們夫妻牙一咬，就申請貸款買下這幢公寓。

球擊中她的那一剎那，他明白父親毆遍他們兄妹和母親的快感，原來憤怒是可以那麼有效宣洩，身爲一個老兵，他父親有太多莫名憤怒積在身上，他還聽過老兵開槍掃射同袍的事件，兩相比較，父親把暴力侷限在家裡已經夠好了。和他父親相同，害怕女人離開，但理由不同，他身爲這個學區受人尊敬的老師，也沒有辦法換身旁的女人了，一個已經很夠受了。

後來他卻發現，如果只熟悉半個女人似乎也不錯，但那種女人的學名就是情婦。

那時他已經當了好幾年中學的教務主任，有天放學回家看見小雨的朋友宋雲天也在家，妻子在廚房邊炒菜邊說，宋雲天可能要住上一陣，他家裡的公司財務出現問題，沒辦法還地下錢莊的債務，現在家人都各自出去避風頭了，分散風險。

宋雲天以前在自己任教的國中就讀時，就是個出名的乖小孩，也曾經是他家教的學生，和小雨雖然高中才同班，但國中時，有時在他們家滯留太晚，他就會在小雨的房間裡過夜。

他們實在很有緣分，國中之後都在同一所學校就讀。一起上下學幾乎是常態。

宋雲天和高大的小雨比起來實在是嬌弱得多，同他的名字不襯。或許是眞的沒辦法了，才找最信任的朋友家避風頭吧，阿國遂答應他一起住在小雨的房間。

宋雲天很有禮貌，早晚定時請安，放學後就回到小雨的房間靜靜讀書，除了有次氣喘發作，小雨也及時拿藥處理，此外沒有讓他們擔心什麼。

本來以爲是小事，沒想到後來竟然上了社會版，宋雲天的父親被對方綁走，他們一口認定他是故意不還錢，擦槍走火之下竟然撕了票，這下紙包不住火，本來是私人的事情，結果鬧大了，對方錢也拿不到了，雖然有幾個人逃走，但大部分涉案的人還是給警察逮到，最後被法官判了刑。

用錢可以解決的事，竟然用生命換得。

發生這種事，宋家剩下的兩個人也顧不了那麼多。小雨和宋雲天在房間整晚沒睡，似乎把他安撫得差不多，然而阿國帶他見到母親時，母子二人還是抱頭痛哭一番，阿國有些不好受，拍著宋雲天母親的背，她一轉身就靠在他身上繼續哭了。

認屍後，阿國便帶他們三人回家休息。

妻子已經備好飯菜幫他們接風，阿國整個鼻子都是宋母那一頭大波浪卷髮的香味，整頓飯下來，有點食不知味。

晚上兩人躺在床上，她問，你們也一起去認屍了嗎？被煞到了？死狀很慘嗎？聽說泡過水？

阿國都一直搖著頭，是他們母子自己去的，他們只是在外面等。

跟你說，有個共犯，是我大弟。她小聲地說。

阿國轉過身，呼吸突然急促起來。

她拍拍他的胸膛說，別怕。我現在也不知道怎麼辦，聽說他不是核心人物，所以應該不會被判太嚴重的。今天晚餐時我也不知道該怎麼面對他們母子，我覺得好像也有點責任，但怎麼可以在他們面前表現出來，所以一直撐到現在……她說著說著，卻哭了起來。

阿國握住她的手，沒有說什麼。

「你的心跳好快！」她突然坐起來。

這麼一說，他也覺得似乎胸口悶悶的，「沒事，我想等下就好了。」阿國說。

阿國知道自己不是害怕，而是另外一種難以言喻的感覺，上次這種感覺是何時呢？

阿國想起來了，那是在公路局的車上。其實，點子是阿蘋出的，她意外發現有天晚上，父親要去軍中的康樂晚會，不會理兄妹兩人晚上幾點必須回家。

那個冬夜月亮好大好圓，他和妹妹說兩個人把偷存的盤纏拿出，數了一地的銅板，在月光下發亮。兩人一路憑直覺走到火車站搭車。下了火車，還要轉公路局，已經沒什麼錢，先在關門的公路局站牌附近躺了半晚，兩人只有一件父親的軍用大外套，輪流蓋著，直打哆嗦，第二天一大早，他背著妹妹，用父親寬大的軍用外套把妹妹包在裡面，如此蒙混上車，他們挑了個後面的座位，妹妹還不敢現身，於是就一路躲在大外套裡，坐在雙人座旁的地上，頭埋在他的雙腿間睡著了，妹妹的頭隔著褲管摩擦他的大腿。

異樣的感覺浮升，身體有地方放鬆，有地方卻緊了，他的心跳加速，當時是那麼莫名其妙，以爲妹妹壓太用力，稍微挪了一下姿勢，那感覺便消失了，他也淡忘了。直到現在，他才想到那天幾乎發生了什麼事。

當時，他望著窗外蜿蜒陡峭的路，好希望一場滂沱大雨跟著車尾降下，他想像著坍方落石山崩地裂，這條公路從此損毀，永遠無法重建。

母親說，部落裡要什麼有什麼，有田園、有樹林、有草原、有小溪，那裡可以自給自足，也可以終老。

即使那場雨趕上了這輛車，車子因而翻落海底，那也比回去好太多了。
想到這，他哼起了母親教他的阿美族搖籃曲，妻子滿足地靠在他的臂彎裡，蹭了他大腿幾下，他不知不覺地笑了。

8 宋妍齡

是時候和這珍本書道別了，妍齡翻開《理想家庭》前幾頁呂翰璋所寫的序。

自由的代價——讀魏雨繆的《理想家庭》

對於魏雨繆的寫作，我們幾個和他熟識的圈内朋友，都是十分羨慕的。在我們的想像中，他的生活很低限，低限到只要有個遮風避雨的空間（哪怕是牢房或是廁所的隔間）就可以寫作了，他一旦寫起來是六親不認的，他的任性是有本錢的，因爲他沒有寫作之外的正職，也沒有家累，剛出道時，就意外獲得一個勉強能維持生計的專欄。因此，連我們這些友人邀他出遊喝點小酒都可以完全不理，名正言順地趕稿，這是我們多羨慕的事啊。我們從來就是自己逼自己，不會被眞正的文學刊物催稿的。像我，只能花時間催別人交稿，審稿，改稿，自己的創作時間總被壓縮得很少。

聽他弟弟抱怨他只要發狠寫作，脾氣就會掉到谷底，爲了避免掃到颱風尾，我們都知道，只要他宣告最近有很重要的寫作計畫時，就應該離他遠點。

爲什麼讀他的第二部長篇《理想家庭》，會讓我想到他的寫作態度呢？這要從《理想家庭》這部小說的內容開始說起。

《理想家庭》的男主角向明儀，在小說的開端是個高中生，在小說中成長了十歲，是個出生單親家庭喜愛音樂的孩子，他的家中堆滿了各式各樣的樂譜和唱片，古典、爵士、世界各民族音樂以及搖滾，除此之外，他熟讀各個音樂家的傳記，小時候曾發願成爲偉大的音樂家，其中德國十九世紀浪漫主義的音樂家布拉姆斯的傳記和音樂，特別能引起他的共鳴，尤其是布拉姆斯對於音樂家羅伯特．舒曼的遺孀——克拉拉．舒曼維持一輩子的柏拉圖式愛戀。

小說中引用的句子，卻是克拉拉寫給布拉姆斯的一封冷言冷語的信：『和你的交往，常常是困難的，然而我對你的友誼，總是包容你那些奇言怪語。』這是在小說中，向明儀和多年的好友（如今是兄弟）曹清憶終於大吵一架後生氣回房間，心情繁亂之下翻閱布拉姆斯的傳記時所看到的句子。向明儀流下眼淚，在內心深處原諒了他的哥哥曹清憶。

他們吵架的原因我無法在此多加描述，因爲這是整本書的高潮，也是他們之間在心中確定彼此兄弟關係的關鍵……

妍齡看到這裡，忍不住和書對答了起來：「唉，不就是曹清憶因爲喜愛向明儀，而毀了他自己的家庭嗎？」

她繼續閱讀。

……因此，『家庭』在這部小說中變成了挑戰的對象，這也是我爲何會聯想到魏雨繆之所以那麼自由的原因，作者因爲擁有這樣的想法，並且用小說將事情看得透徹。

那自由之後呢？

自由從啓蒙時代開始就是人所追求的，然而，人無法單獨存活，這是啓蒙時代後自由民主思潮所帶來的假象，孤獨就是自由的代價，人爲什麼要活著？不知道。所有活著的附加意義都只是藉口。活著自由，就得忍受孤獨，否則可以拿倫理束縛很多的社會（如某些部落）來驗證，生活在這樣社會的人，他們可曾感到個體的孤立無援？

這是大環境所造就的，自由的時代來臨，所有的傳統也將受牽連。自由的代價，有時得自己承擔，有時卻會波及旁人，書中固守傳統的人則是那麼無助。作者在〈嬰兒母親〉這章，描寫被丈夫和兒子拋棄的母親如何過完她的餘生，這位母親，在大受打擊後，精神狀態退化到幼兒，在醫師的詳細檢查下，並沒有帕金森症或老人癡呆的狀況，然而，她就是要使用奶瓶、包尿布、要人幫忙洗澡，畫出的圖畫簡直和學齡前兒童沒兩樣。曹清憶知道，母親這般姿態是在被遺棄下強迫別人將愛施予她，他也憶起起小時候，母親是如何寵溺他，裡面有段描述令人印象深刻：

「他用奶瓶餵著母親，另一隻手則輕輕地撫摸著她花白的頭髮，他突然想到小時候，曾經將母親的頭髮當成玩具。有天，他和母親靠在沙發上，聽母親跟他講圖畫書時，眼尖的他，看到母親有根頭髮怪怪的，似乎是兩根疊在一起，於是他抓起那頭髮的尾端，仔細端詳，發現這竟然是一根分岔的頭髮。此時母親仍安靜地講述圖畫書的故事，他遂如拉拉鍊般，兩隻手各掐著一端分岔的頭髮，這樣將頭髮分得更細了，後來，他不只發現一條頭髮如此，他發現兩條、三條、四條……二十幾條，他便不動聲色地一一將這些頭髮分開了，母親自始至終都沒有發現，那個圖畫書在講什麼，他也不是很清楚，只知道是關於二十四孝的故事，後來他母親還說，身體髮膚，受之父母，不敢毀傷，孝之始也。母親還把這段話翻成白話講解給他聽，他只知道，自己的行為，是將一變成二，將二變成四，如果毀壞頭髮是不孝，那將頭髮增多，就是十分孝順了，當時他心中充滿著無比的歡樂和喜悅。」

可惜錯誤已經鑄成，等到曹清憶對向明儀充滿愛戀的情感淡去後，他已經不知道要如何面對已經破碎的原生家庭了，只好不斷地、犬儒式地在記憶中挖掘自己的行為，彷彿要說服自己，曾經也是個孝順的孩兒……

她得休息一下才能繼續看下去，因為她不知道該哭該笑。打開休眠狀態的虛擬處理器，她把頭罩戴上，她想進行一項更具有挑戰的冒險，她從來沒看過《理想家庭》的實境書，她得到虛擬圖書館去一趟。

妍齡經過一排排圖書長廊（她不喜歡跳過這個步驟，因爲可以看到許多她小時候見過的作家），作家的影像都在自己的區位中和漫遊的讀者招手。

這些作家，都是用他們留下的影像3D化塑造，她直接點選中文白話作者區，先是遇到顧城，戴著招牌的大帽子，像遇到白娘子的許仙，用一雙憂鬱的大眼望著她走過，並且幽然而緩慢地朗讀著自己的詩句：「……你心中的冰凍／那是比水晶更純的哀傷。」

走著走著，又遇到了海子，凌亂的頭髮和眼神，說著「……給每一條河，每一座山，取一個溫暖的名字……」，引領著漫遊者到他兩冊薄薄的詩集前。

張愛玲背朝著走道，佝僂著軀體朝著自己的那櫃書走去，用無奈的語氣說著：「這一段香港故事，就在這裡結束……」張愛玲有所不知，香港和上海故事眞的已經結束在幽深的海底了。

接著，看到了莫言說書人般用貓腔說唱著自己的小說，看到司馬中原、黃春明、邱妙津、張拓蕪、賈平凹、王安憶、朱西甯、鍾理和夏宇駱以軍童偉格朱宥動等等名家，幽靈一般，各自從旁邊的書櫃走出來，念著自己書中的名句。

這些作家的笑容和哀愁和儀態，都是工程師設定好的，就算你第一次到這個典藏區域，他們笑臉迎接你，並不是看到稀客或是熟面孔，他們面容憂鬱，也不是因爲討厭你的拜訪，這是他們命定的角色。他們生前成名注定了死後的不自由，文評家和文獻史學家同工程師聯手，將他們塑造成人們最希望看到他們的那面。

她想了一下，還是忍不住轉身到顧城的實體傳記中晃一遭，雖然她早就知道，但還是被他血淋淋的死亡場景震撼了，而在傳記的角落還可以連結到「自殺作家」的死亡場景中，她遂進入了一連串的死亡戲碼……

整個實境視覺角落還會顯示，到目前爲止共有幾人次進入這些實境傳記場景。

因此，妍齡得知邱妙津展演了第一百萬次拿刀子刺入心臟的戲碼，海子被山海關的火車輾過大約第四千萬次，三毛的絲襪支撐了她的體重約五千萬次，最誇張的，顧城和他的妻子的頭大約被斧頭劈了八千萬次，在虛擬世界，他們對自己的死亡永不厭倦。

看了幾個後，妍齡心驚膽跳地離開這些血淋淋的實體傳記。

喘了好幾口氣後，她朝魏伯伯的櫃位出發。

魏伯伯還是年輕英俊的樣子，視線也跳出「魏雨繆」三個字，她快步往那櫃書前進，魏伯伯正要開口，她就伸指點了《理想家庭》，周圍景色丕變，進入了實景書中。

進入序，呂翰璋跳出來，妍齡叫他呂叔叔，是魏伯伯唯一幾個還活到很老的文學圈朋友，讓她印象最深的便是呂叔叔「ㄢ」「ㄤ」不分，因此想到他若朗誦這篇序言說到「理想家庭」時必定會說成「李險家庭」，心情再難過也禁不住笑了出來。

呂叔叔也是著正式裝扮，他的身材偏矮，中年發福的樣子，大概他覺得選這種影像保存，看起來比較有分量吧。虛擬圖書館推出時，還活的作家都會親自選擇自己的虛擬身影，如果不來，就別怪網路工程師搞怪了。奇怪的是對於死亡多年的前輩作家，這些網路工程師幾乎都不敢對他們做出太怪異的造型動作，但是，一旦聽說哪個活的作家不吃這套，這下可慘了，他們一定會挑作家最醜的照片進行3D化，朗讀的句子也是那種完全不具代表性的「……這是他最幸福的時刻……」，或是摸不著頭緒的「……母親曾懷疑是否六伯暗地裡下的毒……」，或是很蠢的「感謝蜘蛛拿我的耳屎去下蛋……」，更慘的是，只給一些語氣詞「嘻嘻，哈哈，呵呵」之類的，把他們的形象搞得如白癡，這樣怎麼會有人去點選他們的作品呢？沒有一個作家願意在虛擬世界中永遠以這副德性存在，連魏伯伯這種老古板都屈服，總之，這個時代，工程師是上帝的同義詞，他們創造操控這個世界，大家都得依他們。

妍齡覺得就算在現實生活中也很少閱讀魏伯伯的作品，第一次讀《理想家庭》，她就覺得太貼近，之後的作品也是這樣，她寧願看別人的，也不要看他的。

不過，今天是特別的日子，所以算是特例吧。

她示意開始，從剛才她讀過的那段序後繼續。

……在這部小說中，曹清憶的父親最後拋棄了母親，和向明儀的單親母親勾搭上，表面上，曹父拋棄糟糠妻，而從事件的前因後果中，讀者會發現，這其實和曹清憶、向明儀之間曖昧不明的感情有很大的關係，作者將他們倆之間的告白放在最後一章，名爲〈命運交織的路口〉，小說回到兩個男主角大學時期，在一次出遊醉意瀰漫的狀況下，曹清憶向向明儀告白了，沒料到向明儀徹頭徹尾只把曹清憶當成大哥，曹清憶之前幻想的兩人世界，以及所有他認爲曖昧的言語及行爲原來都是自己想太多。曹清憶對這結果充滿憤怒，他丟下一句：「兄弟是嗎？好，沒關係，我們遲早會成爲眞正的兄弟！」之後好長一段時間沒聯絡的向明儀，下一次看到曹清憶的時候，竟然是在自己母親的婚禮上，新的父親竟然是曹父！向明儀先是無可奈何地接受了這個合法的兄弟，後來經過爭吵，兩人才言歸於好，並且發展出超乎兄弟止乎愛人的默契。

多偏執。爲了達到自己的目的，曹清憶支解自己的原生家庭，拋棄摯愛的母親幫忙父親得到新歡，並且組成了一個他自以爲理想的家庭。在這部小說裡，《理想家庭》已經跳脫了原本理想的意涵，《理想家庭》是對家庭的反叛、對命運的悖離、對自由的追尋。最終，曹清憶還是被自己的偏執所摧毀。這是一齣多麼陰暗暴虐執著卻又深情的悲劇！

呂叔叔一定是動過一些手腳，他的發音，眞是標準極了，還會捲舌呢。妍齡很憤怒，這不是小說，這不是小說！她吶喊著。雙手揮舞著拳頭，猛力打擊呂翰璋虛擬的身體。

他的身體根據程式設定，因此造成了合乎物理定理的扭曲歪斜，不過並沒有任何虛擬的情緒反應發生，這是虛擬世界最好的功能，所有的情緒都可以適當得到舒緩。

呂翰璋繼續說下去。

……這部小說不只是一則同志故事，對於人性黑暗面有更精湛的描述，尤其在〈熄燈之房〉這個章節，描述著在曹清憶家中的晚上，一家三口，各自懷抱著不同心事的畫面，曹父（此時仍在外遇與妻子中間作抉擇）、曹母（隱約感到丈夫和兒子不對勁，卻又不知道發生什麼事）及曹清憶（欣喜著推了父親一把，並想像著母親得知後驚訝的神情），三人的想法互相對照之下，作者又加入曹清憶回憶向明儀對他講述布拉姆斯《第一號鋼琴三重奏》旋律陶然的神情，其中還引用布拉姆斯晚年重新出版這首年輕時代的作品之後寫給克拉拉的信：「我帶著十分美妙又孩子氣的心情，度過了一個妳無法想像的美麗夏日後，重新修改了B大調的這首三重奏，它現在的編碼可以是Op.108而非Op.8了，這首作品已不若以往般狂野，但修改後到底有沒有更好呢？」兩相對照下（將在新家庭中重生的曹清憶），竟令作爲讀者的我，感到一陣毛骨悚然、雞皮疙瘩掉滿地……

此時背景揚起了布拉姆斯鋼琴三重奏的樂音。

妍齡把布拉姆斯關掉，繼續專心聽呂翰璋。

……在大環境的逼迫下，近幾年來，僅存的幾個作家，已經不時興經營長篇小說了，通常都是以中短篇甚至是極短篇小說的創作爲主，魏雨繆能抵抗潮流，出版第二本長篇小說《理想家庭》（也是他的第五本作品集），實在難能可貴，更可貴的是他不刻意迎合讀者的口味，承接先前的寫作路線，擅長挑戰讀者的容忍程度及道德的界限，雖然文體無獨創之處，但就小說的內容以及傳達的觀點而言，的確在近年的閱讀版圖，投下了一枚強力的震撼彈。

——呂翰璋（作家・典範圖書出版社社長）

——本文同步刊登於《文學典範》雙月刊第二十七期

實境書要進入正文了，她轉身離開這本書，她不要看到魏伯伯。

離開實境書的背景後，年輕的魏伯伯又出現了，她選擇隱藏。

魏伯伯正要張嘴說話的那張臉，瞬間消失在重重虛擬書籍之後。

她感嘆著，連呂叔叔都變得不親切了，可是，呂叔叔現在也不在了，虛擬世界眞是個讓人心情複雜的地方啊。

印象中的幾次，呂叔叔來找魏伯伯，都是爲了《文學典範》這本雜誌的事，這本雜誌就是典範圖書公司出版，來找魏伯伯不是要邀稿，親自來找他通常是爲了借週轉金，因爲魏伯伯獲得國際性大獎後已經衣食無缺，手頭也十分寬裕。

魏伯伯和妍齡說過，《文學典範》是最後一本專業的純文學雜誌，也是最後一本紙本雜誌，當時他不幫這出版社也沒人有能力，當然，這個出版社和雜誌苦撐了很多年之後倒了，魏伯伯借的錢從沒有拿回來過，呂叔叔因爲躲債也不知道跑到哪了。

想必，虛擬圖書館建立好後，他的債主會常常去找他那一櫃書圍毆他的虛擬人形洩憤吧。

這是魏伯伯到晚年一直很掛念的事，他在最後幾年，會兀自喃喃地說著：「不還錢也無所謂了……我沒有幾年可以活了，我只想多和老朋友聊聊……隨便啦，你也是啊，唉唉……」妍齡本來以爲呂叔叔早就不知死到哪去了，下場可能是荒郊野外的無名屍骨，沒料到，在魏伯伯的葬禮上，竟然看到了他，他一副鬼頭鬼腦的樣子，大概躲了很久，所以神色惶惶然，身材也瘦下來了，應該三餐不繼吧，看來債還沒躲完。

妍齡趁著空檔，靜悄悄地挪到了他的身邊。

「您是……呂叔叔吧？」妍齡不動聲色地問。

他露出驚恐的表情，連忙搖頭，活像在發抖。

「別害怕，我是魏伯伯的姪女，妍齡啊。我不會告訴別人的。」

「原來是妳……」他還是頗爲害怕。

「您怎麼都沒來找魏伯伯了？他到死前都還掛念著你們這幾個好朋友呢。」

「眞的嗎？」呂叔叔眼淚流了下來，握著她的手激動地說：「老實說，我得了絕症，爛命一條沒什麼好逃了，那個世界有他先去探路我也不怕。我是文學的老兵，為文學揹債，為文學家破人亡，甚至為文學逃亡，身為文學的遺民、棄民，我有滿腹經綸，為文學躊躇滿志，我有什麼好躲藏的？」呂叔叔愈說愈激動，妍齡不得不提醒他小聲點，因為所有人都回過頭來看他們。

「他媽的，我就是呂翰璋，有種來砍我啊！」他大吼大叫，把這幾年的不滿和恐懼，都發洩了出來。

妍齡覺得他的口音眞是懷念（ㄢㄤ不分），她離開後，他還是抓著身旁的人繼續碎碎唸，講他當年的豐功偉業。

過了幾天，呂叔叔的屍體被人從河裡的痲布袋拖出來，顯然葬禮那天給人逮到。妍齡盡量不去想像自己和這個事件的關連性，即使她知若非上前打招呼，呂叔叔恐怕是不會有這種下場的。

新聞報導為他作了個生平小傳，妍齡才知道，他除了開出版社、辦雜誌，全部的作品（有小說、新詩、散文、報導文學和幾本傳記）加起來竟有二十一冊之多，可是這二十一冊作品她一本也想不起來，後來整理魏伯伯遺物時才發現有幾本他的書，當時她仍懶得翻閱，整理完後，她想到這件事，於是去了一趟虛擬圖書館，呂叔叔招呼她進去他的書櫃，她點選了幾本，覺得不難看。

她這樣已經對呂叔叔很尊重了。更慘的是，他剛過世時，新聞記者訪問了當代的幾位年輕作家，他們根本就不知道呂翰璋是誰，除非提到說，是幫魏雨繆《理想家庭》寫序的那位，他們才猛點了一下頭說「好像吧」。

所以，魏伯伯應該要感到欣慰，他生前享受名氣，死後行情也不差，竟然有收藏家和博物館想要買他的手稿，否則怎能讓他的姪女蒙福呢？

肩膀上突然被人碰了一下，她轉頭看，虛擬圖書館中並沒有別人啊，難道虛擬世界也會鬧鬼嗎？

耳邊傳來一陣稚氣的嗓音，「媽……」。

妍齡才反應過來，是女兒在喊她，把她嚇了一跳。

她趕忙離開虛擬處理器回到眞實世界。

「媽，你在幹麼？怎麼還沒睡啊？」她搓揉著眼睛，無法適應光亮的客廳。

「媽有事還在忙，妳上廁所啊？眞乖，會自己上廁所，沒有尿床。」女兒點點頭，翹著一頭亂七八糟的頭髮進了廁所，她在廁所裡說作了個噩夢，夢到被一匹馬載走，媽媽在後面追都追不上，她突然想上廁所，但是後面媽媽的聲音喊著千萬不能在牠身上小便喔，否則就會把她變成蠶寶寶，她就嚇醒了。女兒的聲音充滿睡意，廁所的回音使之更含糊，不多久又聽到她關上房門的聲音。

她回神看著桌上放置的凹陷蠶繭，爲什麼老是要保存著一些不能換錢把女兒養大的廢物？還讓她在睡前講了個蠶寶寶由來的神話讓她作噩夢？於是她翻出一隻美工刀把繭剖成兩半。

到此爲止，我要看看你到底什麼模樣，妖怪嗎？

神話永遠不會和現實接軌，時間沒讓奇蹟發生，裡面就是一個皺縮發黑的小蠶蛹，牠的體力只賦予生命走到此，永遠活在前變態期的夢中，不會遭遇到牠兄弟姊妹的生死，沒有成長、沒有交配、沒有子嗣，就在那裡停住了。

她破壞了牠的永恆，破壞了牠存在的意義。妍齡隨手把這扔進一旁的垃圾桶。

一點聲響都沒有。

9 魏雨繆

當訃聞成爲生平事略，生平事略成爲傳記，傳記成爲家族史，家族史又轉成回憶錄，那會是什麼情況呢？我不願意在書寫這篇訃聞的過程中產生樂趣，然而，因爲對眞實情況細節的匱乏所做的虛構竟眞讓樂趣產生，這個樂趣嚴重挑戰書寫道德，我生恐這又成爲了我的另一部小說。

我該如何繼續？

……吾父母終於結婚，婚禮上外婆還帶族人前來載歌載舞，我對於歌舞的喜好就是遺傳自外婆的，直到後來我才知道我的姑姑也擅舞，她常在母親面前表演自己的舞蹈，母親小時候唱給我聽的搖籃曲也是這位姑姑教她的。聆賞音樂和觀賞舞蹈對我而言都是興味盎然的，即使是在舞廳酒館，看著陌生人身體的律動都會令我陶然，但是我卻沒有遺傳到一副能歌善舞的身體。我雖然高大，關節卻十分僵硬，對於打球或游泳等展現肌力耐力的運動是難不倒我，但跳起舞來活脫機器人一枚。我的歌聲雖然是不錯的中低音，但我夢寐以求的卻是一副如閹割男高音般可以飆高的歌喉，這或許是我之所以迷戀宋雲天的原因吧……

宋雲天的歌路很廣，他可以任意切換男女歌手的聲音，以往，年輕時偶爾去KTV的晚上，他可以從蔡琴的〈你不要那樣望著我的眼睛〉唱到鄧麗君的〈千言萬語〉，再持續飆高到瑪麗亞．凱莉，也可以從信樂團〈天高地厚〉唱到洪榮宏〈一支小雨傘〉，他聲音細緻如絲綢，在他面前，我願意永遠當個KTV的分母，幫他拿自助Bar的點心。我不願意陪任何人在KTV唱到深夜，除了他。可是，他工作後便愈少展現歌喉，連他的女兒都很難得聽見他的歌聲。他以玩弄我的要求爲樂，總讓我帶有崇高的期盼讓他再現金嗓，卻永無兑現。我曾經試圖教他唱母親的搖籃曲，我相信他學會了，但說什麼也不願唱給我聽。發球權不在我。

不在乎的人才是最終的贏家，母親，是否也在生命的後半段練習不在乎呢？

（我可以在母親的訃聞中無止盡膨脹自己嗎？強加在她身上的我難道還不夠嗎？）

（回到母親吧，上面的段落可以簡化成「在父母的婚宴上，外婆帶領族人載歌載舞，賓主盡歡，我也透過父親遺傳到了這方面的喜好。據說，外婆組織這一趟表演唯一的要求，就是不要見到外公。」）

父母親後來就定居在城市了。父親穩定的教職讓母親對管教吾兄姊少放點心思得以專心在工作上，母親是個無趣的會計人員，沒有比學以致用更讓人臣服於命運。二十歲出頭的母親成爲了一個準時上下班、有固定休假、有保險、有員工旅遊的中產階級。

後來我所接觸到的某些搞藝術的朋友，常常在言談間鄙夷這樣規律的養家生活。他們認爲藝術家波希米亞式的生活是最高尚的，是最富理想性的生活方式，所謂的老師、業務人員、保險人員、工程師、醫師、律師及各類企劃和其他上班族都是生活上的失敗者，無法自己決定命運，任由他人操縱自己。這種論調，導致我在這些朋友面前常羞於啓齒我穩當的成長環境。然而最弔詭的是，當這群朋友中比較順應潮流的幾位意志不堅成爲領薪階級後，那些波希米亞風的藝術家們又往往會投以欣羨的眼神。我的朋友一個個回歸家庭和工作後，我卻開始不合時宜以卑劣的手段，爲了一己之私（自我催眠成「夢想」），破壞自己的家庭，後來又沾沾自喜利用這個事件當成素材寫成一部小說。我的信念就是，只要你別把小說當眞，小說裡所架構的，就絕對百分之百是個異次元的空間，活在讀者、作者之間隱形的空間……

寫作的人總是有這樣的矛盾性：夢想成爲獨特的靈魂，然而作品問世後，卻希望這世上有更多人能和他的獨特共鳴，這種想法無比矛盾。當愈多人和你起共鳴，你的獨特就愈被稀釋，就越來越大眾化了，或說，媚俗化（有人或許說，媚俗是作者主觀意識對作品的強加，而作品的大眾化，不見得是概念先行的產物，但二者的結果幾乎相同），這對於「靈魂獨特性」而言根本是一大諷刺。

此外，寫作者眞的在乎「人道主義」嗎？「人道」只是成就自己的手段罷了。

是什麼讓我如此自大的行動的？其實是某日我在查閱天主教〈聖母讚主曲〉歌詞所使用的路加福音時突然得到的力量。就是找到靠山了。那段歌詞翻譯如下：「我的靈魂頌揚上主／我的心神歡躍於天主，我的救主／因爲祂垂顧了祂婢女的卑微／今後萬世萬代都要稱我有福／因全能者在我身上行了大事，祂的名字是聖的／祂的仁慈世世代代於無窮世，賜於敬畏祂的人／祂伸出了手臂施展大能，驅散那些心高氣傲的人／祂從高座上推下權勢者，卻舉揚了卑微貧困的人／祂曾使飢餓者飽饗美物，反使那富有者空手而去／祂曾回憶起自己的仁慈，扶助了祂的僕人以色列／正如祂向我們的祖先所說過的恩許，施恩於亞巴郎和他的子孫，直到永遠／榮光歸聖父上帝，榮光聖子聖神三位一體／昔在，今在，將來亦永遠存在，無窮無盡，阿門。」以我的觀點來詮釋，這是多麼含蓄地表達「母以子貴」這樣的傳統思想啊？在我小說中所喜悅的，就是讓母親能以文學的形式傳頌，文學作品就是降生於我靈魂的主，祂讓母親背負奇異苦楚卻還應當頌揚祂。當時的我總羨慕那些把生命活成一部文學作品的人，這麼天眞的想法，看在現今的我的眼中，眞是十分汗顏。後來我才漸漸明白，應該反過來說：我自以爲被賦予的文學形式是虛構的小說，但是小說這概念更大於虛構的文學作品，小說早就包括那些非虛構的事物能直接和現實生活連線，小說已經不只是文學的形式。如同母親葬禮上的制式化的電子輓聯，不就是一種集體默許的虛構（太文言了，白話一點，就是「騙」）嗎？

連自己都敢騙，那還有誰不能騙呢？

（我又讓自己走出伸展台了，關於母親帶給我和兄姊的不就是「辛苦工作認眞生活的父母們，給我們帶來了一個穩當舒適的童年」這句話即可帶過的嗎？）

……生活上的事情不是寫出來就算數，也不是寫出來就可以讓人照著走，如果有人眞的如此做，那就是放棄對生活的抵抗了。

母親的前半生十分順遂，有兩個聽話的孩子和一個有著令人尊敬職業的丈夫，「魏師母」是她尊稱。父親努力讓家庭維持一定的生活品質，除了上課教書之外，他開家教班。到我出生之後，有段時間，仍能見到父親在家裡指導學生。那些模糊的臉龐很難讓我有印象，除了宋雲天之外。

有個故事不是這樣說的？女兒思念戍守邊疆的父親，便說道，誰把父親帶回家就嫁給誰，沒想到帶他回來的是家裡的白馬，父親聽到女兒所說之後不但沒遵守承諾，還殺了白馬，剝下牠的皮晾在樹上。最後，白馬皮竟捲走了女兒，並且化爲潔白的桑蠶。也才有嫘祖養蠶取絲的傳說。

應該都看過蠶寶寶吃桑葉的模樣吧，那麼安靜自得的生物卻背負著如此癡情和暴虐的神話。母親彷彿就是那匹無怨尤的白馬，由於我的出生和背叛完成她自身的故事，隨即被我剝皮丟棄，我卻被她在無形之間反噬一輩子，當個安靜的蠶，即使吐出絲線最後也無法羽化成蛾。

（我似乎在母親的訃聞中提到太多關於「父親」的概念了，她應該不希望我提起吧？）

離婚後，母親的生活變得很簡單。因爲自從我出生後，她就不再工作了。

因爲有了照顧前兩名孩子的充分經驗，加上年齡增長的沉穩，我是她三個孩子中唯一一個被照顧得無微不至的。我大膽猜測，她應該是把我當成提早報到的孫兒吧。

我大約在國中時期曾經看過這樣一幅畫面：一個佝僂的老人家，牽著一個三歲左右的孩子到便利商店買東西，美好的祖孫情。然而那個孩子吵著吃糖，祖父竟然強烈阻止，還用濃重的鄉音告訴他，糖吃多了牙齒會壞。剎那間，我感到這對八成是父子，那時候還是流行年老未婚的男人娶年輕外籍新娘的年代，這應是其中一例。我覺得我小時候和母親的互動，可能會讓人眞的以爲是祖孫，因爲她總是應允我的要求，我不需要流一滴淚，或是發出一聲尖叫，就可以得到我所想要的。

母親獨居後彷佛是個無國界的嬰兒，不斷操弄新學的語言，義大利小說家安柏托．艾可曾在《玫瑰的名字》中塑造了一個只會說簡單多國詞彙的怪人，和他溝通，他的回答往往夾雜各種文法和詞彙，而無法以同一個語言正常敘述一件事。母親的行爲就讓我想到他，或許這正是母親所想要的：無法溝通，因此，拒絕溝通。

這個變形的訃聞還要寫下去嗎？我曾爲她的健康操心，還要她使用生理機能遙控貼片，如此一來，我和醫院都可以監控她的呼吸、血壓、脈搏、體溫及心律等等生理特徵，結果幾次下來，她不是體溫心跳突然飆高（她把貼片貼到流浪狗身上），就是冷若屍體（丟到水溝裡），保全醫護人員都給嚇怕了就不讓她用了。

這或許就是在她餘生中發生過最嚴重的事了吧？她連去世都很乾脆，不像其他人還因慢性病拖上一些時日。

腦幹中風，所有自律神經系統和器官瞬間停擺，比機器關機還乾淨俐落。

我在整理母親的遺物時，找到一本用紅筆圈點注解的《理想家庭》，有些書頁，看起來就像是被揉過般充滿摺痕，有些則是被畫滿了叉叉，力透紙背，好幾頁紙都給抓花了。

或許，在這本書之前，她拒絕溝通，是因爲我和父親背叛親情，這本書之後，則是因爲我利用親情。

然而當萬事底定後，我和雲天雖然住在同一個屋簷下，有陣子卻幾乎形同陌路，他不知道情勢是怎麼演變的，但是隱約感到和那次告白有關係。

全家分頭躲債的那陣子，我讓他睡在我的床上，我喜歡等他熟睡後，趴在床沿靜靜看著他眼皮內上下轉動的眼球漸趨平靜，猜測著他作了什麼夢。

我會在他第二天清醒後問他，他總歪頭皺眉想很久，然後給我一個抱歉的傻笑，他說如果我對夢那麼有興趣，下次會努力記起來告訴我。

這是每天早上讓我振奮的美麗畫面。

如同一千零一夜，我期望他說，卻害怕他說，如此承諾才得以綿延。

晚上，偶爾被他發出含糊不清的夢話驚醒時，我會試著複述，希望能藉此聽懂他在說什麼。

那麼接近，我該感謝他的仇家嗎？雲天乾淨的臉龐上有細小的血管紋路，他說是血管瘤，我卻覺得那些散布在臉頰上的細絲彷彿蘋果的外皮，誘惑著見到的人上前啃噬。

我常常斜趴在床沿直到天亮，或是到他起床上廁所時才蓋被假寐，因此那段日子，我的腰背常常是疼痛的。

他父親屍體被發現的前幾天，我矇矓趴在他身旁幾乎要入睡，突然感到他倏地直起身子，雙眼瞪著前方，喉嚨發出奇異的聲響，如冬夜從山頭落下的風般尖銳，他掙扎著要拿氣喘噴劑，我才跟著慌了起來，他困難地指著牆邊擺放的包包，我把他壓在床上，快手快腳把書包攬過來，他以爲在包包前方的小格子裡，結果沒有，他都已經臉色發青了，我才在包包最裡層的角落找到噴劑，我幫他噴，起初不知道怎麼用，搞錯方向，那藥粉還噴我一臉，後來他緊緊咬住噴嘴和我扶在噴嘴口附近的手指，用盡最後的力氣按鈕，然後昏倒在我的肩上。我嚇壞了，一時之間不知道怎麼辦。

等我回過神，他溫熱的鼻息打在我的脖子上，至少還在呼吸，我的心從來沒和他那麼貼近過，我可以直接透過我的心臟感覺到他生命的跳動。稍微放心了，我拍著他的背，他下巴抵著我的肩膀，好像抱著一尊易碎的瓷娃娃，他不知何時甦醒，他在哭，淚水已經溼了我左肩。

「爸爸……」他微弱地喊著。

霎時間，一股暖流幾乎要從身體傾洩而出，我當機立斷把雲天從身上推開。他也清醒了，無辜的眼神讓我覺得好難割捨。

我不敢和他的眼神再次相對。

他夢見了父親。

句點的預兆。

他終於說出了夢。

我承受了極大的不堪。於是，我對他完全坦承，母親早就告訴我一切，我無法逃離血緣的罪惡，我要他知道，其中一個綁架他父親的共犯就是我舅舅，即使和我無關，若不和他坦白，我也會因爲家族而感到罪惡。

「謝謝你。」雲天的語氣彷彿問句。

雲天又哭了，我不知道他在哭父親，哭自己，或是哭我，哭我舅舅？

他說他不知道爲什麼會這樣。好像所有的事情都錯了。

有我的庇護，因爲我比他高壯成熟，他在我面前，彷彿看到了父親，因此，在我的羽翼下，他覺得很安心。

但怎麼會是這樣？他用無助的眼神問道。

這時才發現，他已經退離我身旁一段距離了。

不要和其他人提起好嗎？我要求。

他說，他多喜歡我不厭其煩教他打籃球、游泳換氣、訓練體能，好通過體育課的考試，更安心於在他躲避仇家時能到我身邊。生命中的大事，都有我陪在旁邊。他崇拜我在高中刊物上發表的詩文，他可以解最難的幾何習題，最繁複的三角函數微積分，可以理解近代物理，卻無法寫出詩。

他無法抓到曖昧的距離，他要的一切，都是那麼清楚扎實。

我保證我不會把他交給舅舅，我們事實上也不知道舅舅幹這票呀！

他半信半疑沒有入睡，我也很難。已經丟給了他一個震撼彈，他孱弱的身軀，還能再承受下一個嗎？

我對我的家庭感到莫名的憤怒，個人的意志，無法超過家庭的陰影。在打開自己之前，我還必須先通過重重外在的枷鎖，這是一個莫名其妙的順序，是我出生前就設定的順序，輪不到我說話。

現在我最想說的反而說不出口。

我能給他的，就是不斷的沉默和安撫。

我甚至開始憎恨母親，她說，只告訴我一人這個祕密，千萬不能告訴父親。

因此，我成爲罪惡的承擔者，每天都在知道事實的情況下對雲天保密。

我爲了讓他感到放心，特別讓他單獨睡在房間，自己帶棉被枕頭到沙發上，離去前，我聽到他鎖上房門的「喀啦」聲。大可不必，就算沒鑰匙，這種簡單的鎖也難不倒我，父母聽到客廳有聲音起來查看，一副睡眠中斷的恍惚模樣，我說，雲天氣喘發作想自己靜一靜，已經噴藥好了。他們便接受我奇怪的說法，繼續回房睡覺。

不知道接下來的漫漫長日要如何和他度過。

他持續對我及我的家人保持著戒心，他沒有別的容身之處了，他或是信任我父親是他的老師，最危險的地方就是最安全的地方，我從來沒有問過他當時是怎麼想的。總之，他仍然乖乖地待在我家，表面上都沒太大的變化。

有變化的是我。

為了欺瞞父母，我每晚在房內尷尬面對面待上一段時間後，知道父母睡了就躡手躡腳到客廳，我用錶設了鬧鈴，在父母起床前的一小時，一定又回去房間，這樣折騰下來，我的精神變得很委靡，如果表情嚴肅點，看起來就像個逃亡的殺人犯。

我開始詛咒他家破人亡，甚至想聯絡舅舅。如果雲天發生了什麼不幸，我和他之間就可以無牽無掛。還可以惺惺作態在他喪禮上崩潰。但這念頭每次都在偷偷凝視他之後作罷，他擁有一切討人喜歡的優勢，每次動念想聯絡舅舅，我就似乎更捨不得他，即使我和他之間已經噤若寒蟬。

我終於受不了，只有兩條路，毀了他或毀了我。

那天我照例等待父母回房睡著，他已上床假寐等待我離去。

我沒有走，背對他說：「我們不要再這樣下去了。讓我今晚睡在房間裡好嗎？」

他不置可否。

「可不可以信任我？」我的語氣近乎哀求。

「爲什麼？」他用棉被蒙臉忍著淚水。

「因爲我……」

他突然用很冷靜的聲音打斷我說：「我早就知道了，不用說。」

「噢。」

他退到床邊靠牆壁處，騰出了一大塊空位給我，空出一大塊棉被覆在床單上，我直接躺在棉被上，和他隔著棉被相伴了一晚，我們感受到對方蒸騰呼吸和體溫和身體的顫動，卻只安安靜靜躺了一晚。我說不出是喜是憂，只覺得事情似乎往新的地方敞開。

我的計畫在那一夜悄然成形。

時間算得準，第二天他父親的屍體被發現，在高速公路旁邊休耕農田的灌溉溝渠的軟泥裡，面朝下被人發現。回推死亡時間大約就是他夢見父親的那天。

不久嫌犯被找到，犯案的八人被一網打盡，我在電視上看到舅舅灰頭土臉，眼神露出前所未見的凶惡。舅舅從來沒有在我們晚輩的面前顯示這一面，霎時我覺得自己的面容好像他。

那天，我和父親陪雲天認屍，終於見到了他闊別已久的母親，她即使不化妝也十分美貌，她哭倒的模樣和神情，無論誰都會想上前攙扶一把，雲天男人女相八成是遺傳自他母親。

他們母子當晚到我們家作客，看著父親和他母親，我的計畫似乎有了眉目。

雲天後來和我說的事情更讓我計畫的腳步加快。

他暗戀上合唱團的一個女生。

平日十分任性的我卻十分容易原諒我所喜愛的人，原來將所愛之人的錯誤合理化是多簡單的事，我認爲雲天和我說是因爲他在乎我。

接下來，他一派天眞無邪地開始問我一些追求感情的方式，我怎麼會知道呢？除了對他，我擁有的只是欲望，於是只好胡亂用一些雜誌小說看來的招數敷衍他，譬如，送禮、給驚喜、接送、寫情書等等。

他還特地帶我去看他們練習，指出是誰，我覺得他的眼光普通，要的不過就是鄰家女孩，永遠不會發生什麼踰矩的事的那種。

我竟然也參與他的情感遊戲了，他又和我熱絡起來，我買了一些手工藝品的書和材料，和他一起設計給女生的禮物，最後都是由我收尾做出眞正的成果。舉凡布娃娃、刺繡包包、創意抱枕、摺紙藝術品，我都變得很上手，至於情書，更是由我在他身邊提詞由他抄寫下來的。

他說，那女生對於他送這些東西感到疑惑，本來認爲這應該是女生做給男生的，但後來還問他這些東西怎麼做，他老是以一副半吊子的技巧告訴她很簡單啊，就這樣那樣，不用花多久時間就完成了。

我和他說，男人的體魄更能吸引女生。我帶他到籃球場上教了好幾招花式上籃，他卻怎麼練都很笨拙，於是放棄。他聽說女生喜歡打桌球，我又得花時間當他的教練，天天餵球給他。幾週下來有點成果，聽說女生和他玩得很高興。

我把他的情緒當成自己的情緒，認爲這一切只是爲了測試我對他的忠誠，或許有天他會突然和我說，這都是玩笑罷了，其實我只是在看看你到底對我多好。

這件事從來沒發生，我的計畫仍在伺機而動。

後來，雲天開始問我難以啓齒的閨房之事，我被逼著回答了一些我知道的細節，每在回答之後我都怒不可抑，他仍一派天眞，我眞懷疑他到底是唬我的還是眞的和那女孩來幾下。我在他面前完全喪失判斷力。

盛怒的我，在忍耐聽完了他的問題或描述後，便瘋狂尋找一夜情，在公園、三溫暖、公廁、電影院、酒吧換取我一夜寧靜。

我很明白自己的身價，成年後的我並非下等貨色，天生遺傳到的好體魄加上運動，我的胸大肌、二頭肌和六塊腹肌是人人以欲望膜拜的神主牌，容易曬黑的皮膚，宛若混血的面容，走在街上還會蹓到不明人士搭訕，問我想不想往演藝圈發展。

欲望上，我不須對雲天負責。

我只要好好利用我在情欲食物鏈中的優勢，便得以盡情鄙棄玩弄那些飢渴劣勢又衰老的肉體，我用最低劣的粗話罵他們，任意毆打他們的軀體，他們會報我以最縱情的服務，我羞辱他們下垂的胸肌和臀部、細瘦的四肢手臂、充滿皺紋的皮膚、鬆弛的肛門，他們則會把身上所有的孔洞全部獻給我，他們盡情以呻吟取悅我，因爲我隨時可以拿回施捨給他們的肉體，我只要瞬間的滿足，他們在我眼中只是食物鍊中最底層的渣，民初張競生不是這樣說？要能享受愉悅，就得找最醜最醜的女人，因爲她們有自知之明。她們會盡全力服務你以報答知遇之恩。哼，誰要這種知遇，女的換男的也是一樣賤，他們和垃圾筒、小便斗、夜壺同等級，是最低等的性勞工，如果肯開口，他們搞不好還會付錢倒貼，他們沒有靈魂，有屌便是娘，普世皆然。

發洩完後，我繼續回到我對雲天始終如一的感情世界，替他服務，同他悲喜。

10 宋妍齡

妍齡肚子餓了。

如果虛擬處理器有烹調功能就好了，妍齡嘆氣。

凌晨兩點，她實在沒什麼興頭開火煮食，她想要出去買些現成的。

她想，這麼晚了，放女兒獨自在家睡覺應該沒有問題。便利商店就在五條河道之外。

或許是老奶奶的靈魂在屋內盤桓不去的緣故，妍齡平日除了送女兒上下學之外也很少出門。整天的時間，幾乎都在用故障率高的「幻遊23」漫遊虛擬世界。

女兒的學校位於附近一座大樓的最高層，是個標準的危樓，政府前幾年大發慈悲，還對結構進行了加強，卻被人質疑說浪費公帑，花錢建設那麼少人用到的地方，加上這是私有地不是公家的，妍齡很不服氣，自己也算是納稅人啊，只是她的生活幾乎在蝕老本，根本沒有什麼錢，只能靠拍賣舊物維生，納稅的時候也無法有什麼貢獻。

後來政府派來的專家說，這棟樓再怎麼補強也沒救，從根開始爛了，高鹽度的水讓鋼筋早就鏽蝕殆盡，要不是這棟樓使用率低，還勉強可以支撐樓房的重量，否則早就該倒了。

聽到專家的建議，老師和校長除了上課還得花時間另覓場地遷校。學童人數很少，低中高年級每兩年級併成一班，政府還放話說要裁撤，因爲對於住高地的老師來說，這裡是不便的偏遠地區，還得實境教學，面對學生的情緒反應，不能用預錄的互動方式在虛擬世界教課，實在很麻煩。

妍齡無奈但深有同感，如果女兒能整天在身邊使用虛擬處理器上課，對她來說也是很放心的。

白天，經過下面那條河道叫賣的各式小販，販賣柴米油鹽醬醋茶以及各種食物生活用品，都可以維持基本的生活需求。面對現實世界無欲則剛，是在湖區生活的法則。

更何況，明天之後她就有錢了。

她拿出地圖以防迷路，然而，自從盆地城市成爲湖泊後，最新的地圖也是十幾年前所繪的，上面記錄每次妍齡靠著地圖出家門時，所做的修改，現在已經沒有紙本地圖，對於高地人而言，大部分時間，面對的應該都是透過虛擬處理器所面對的世界。眞要出門，導航系統是一切，飛行車輸入地址就可到達目的地，紙本地圖完全被淘汰了。

雖然河道和舊時的馬路原則上是一體，但因爲湖泊淹沒了較矮的建築物或公園，因此仍多出許多廣闊的空間，這對不常出門的她造成一定程度的辨識困難。

騎上水上腳踏車，她有點緊張，今夜眞是個神奇的夜晚，她沒在深夜出家門，今天竟然有這種興致。

她想起魏伯伯曾經要她辨識掛在牆上的一幅亞洲古地圖，由十七世紀時的航海探險家們所繪製，旁邊還有充滿阿拉伯風味的裝飾花紋。

「妳能猜出，我們的島在哪嗎？」魏伯伯問。

她能辨識的就是大塊大塊的陸地和大塊大塊的海洋，有些應該不是很大的地方，如中亞到阿拉伯半島也都變得很巨大，中國變形被擠壓到亞洲東南方一角，中南半島和印度半島也變得十分詭異不合比例，南洋群島則亂七八糟分布，日本列嶼忽大忽小，那在中間的，我們的島呢？

她找不到，但從相對位置來看，有三個島引起她的懷疑。因爲在日本和南洋群島中間，應該不存在這三個島嶼的。

魏伯伯告訴她，這三個島就是我們的島呢，因爲歐洲人看到了橫在島嶼中間的巨大河流，他們就以爲這座島是由三個大島組成的。

妍齡笑道，就憑這張不精準的地圖，還敢繞地球大半圈來找到我們？魏伯伯卻說，嘲笑人家的夢想是不厚道的，整幅地圖即使很幼稚，但這是他們爲了夢想，犧牲生命和無辜者換取而來的地圖啊。夢想致命，因爲夢想一旦達成就不是夢想了，妳會看清夢想背後血淋淋的現實。現在，有誰會認爲這座島嶼只是一個半夢半眞的所在呢？

妍齡眞的要往夢想邁進，背後血淋淋的現實給她力量，爲此她不斷回想魏伯伯那自私又僞善的一面。她想像著，明天就可以遷往高地買最好的虛擬處理器讓女兒不要離開她，不要面對這危險的世界，否則失業快一年的她，靠存款、拍賣舊貨和母親的救濟，已經快無以爲繼了。再不想辦法就只能出國做傭人，不過現在傭人缺也很少了，機器人聽話又沒語言障礙，更沒聽過人家母女都要的，實在太拖油瓶，但是她實在不想和女兒分開啊。她走了，女兒誰照顧呢？

她窮到連水上摩托車都沒有，只有一台好幾手的爛水上腳踏車。

她拿著不準確的地圖，聞著水面薰蒸出來淡淡的臭氣，四下寂靜，只有水上腳踏車濺起的水聲，她有點累但力求清醒。湖區最近鯊魚出沒，雖然大部分的鯊魚不會攻擊人類，但也曾聽說被大鯊魚拱翻落水溺斃的案件傳出，她必須謹慎而行。

經過以前是一整片公園的地方，許多被水浸泡的枯木露出水面，枯枝上有很多晶亮的水滴，被月光照得澄澈晶亮，妍齡驅車近看，那些晶亮的物質原來是鹽結晶，她稍微用所學思考不禁悚然，這些枯木在鹹水重新進入盆地後，應該還活了一段時間，它們曾試圖以蒸散系統將這些過多的鹽分排出，卻使得更多的鹽水入侵樹木的維管束，到最後，植物渾身沾滿淚的化石，乾枯而死。

她甩甩頭，驅散這些鹽樹的影像。真實世界就這點討厭，虛擬世界中，看到自己不喜歡的東西可以馬上跳脫，真實世界就完全無法這樣。

她看到月亮才發現，湖區明亮的感覺來自於滿月，而不是她微弱閃爍的車燈，更不是兩邊漆黑大樓偶然透出的燈火。

雨早就停了，月亮偶然被雲影遮蔽，倒影隨著腳踏車奔走，她一時無法逃離枯木所圍成的迷宮，遂在此穿梭，過了好一陣子，她才看到便利商店在遠方閃爍，如一座華麗的水上宮殿，和周圍破爛窮困的景色完全不搭，招牌上花花綠綠的亮眼燈光，一路隨著水波碎到妍齡眼前，宛如一條迎賓光毯。妍齡在碼頭停好腳踏車，抬頭一看，卻見碼頭上零星坐著一些濕漉漉的人，眼光不時朝她打量，她有點害怕，低頭疾走向大門，幸好店門口有荷槍實彈的保全，安全感頓生，所有進店的人都要搜身，她掃描機檢查過後，便趕緊躲進店裡。

店裡各種食物看得她口水直流，有最新型的水果軟糖，看廣告上寫著，吃一口就會有眞實水果的觸感，甚至會感受到產地的大自然，還有綜合口味的熱狗，這綜合口味可不是所有調味料的味道都同時出現在味蕾上喔，而是如香水般有著層次，不同的味道和口感是順序而來的，吃一根就彷彿吃完了一整桌五星級飯店的滿漢全席，另外還有義大利料理及法式料理等口味，但這些高科技食品對她而言都太貴了，她只買了兩包傳統洋芋片。對著滿店的食物深情望一眼後就離開了。

以往大伯帶她到百貨公司閒逛的情景，面對琳琅滿目的商品大伯總可以滿足她的要求，然而父親最討厭自己亂買東西了，所以每次大伯給她買新玩具回家都得藏好一陣子，等到看起來有點舊了，才能拿出玩。先斬後奏，父親根本就不會發現什麼的。

多幸福的時光啊。

反觀當下，她最怕帶女兒到商場。女兒很懂事，總是不會要求什麼，但小孩子藏不住心事，看到她在玩具或零食前駐足良久，就知道她滿心期待了。有次，生活費剛好多了點零頭，她二話不說，帶著女兒瞪了好久的高科技彩色圖畫筆組合（除了不同顏色，還可以畫出不同質感）去付帳，女兒那天竟開心到睡不著。然絕大多數的時間，都是看在眼裡卻不能滿足女兒。忍耐啊，母女二人都擅長忍耐和等待。

過了今天，就雞犬升天了。

回程，她看著月光想到老奶奶留下的立燈，月亮陰晴圓缺可循環，然而那座立燈的燈泡只有生和死，而且不知何時會燒毀，愈這樣想愈不敢用，她無法想像那燈光突然「啪」一聲燒壞又暗下來的時刻。

妍齡離開燈火燦爛的碼頭，重新適應了波光粼粼的幽闇水面，她決定繞另外一條水道回家，那裡原先是一座偉人公園，兩個大型中式金黃色屋頂和一座藍色屋頂仍突出於水面，其下的粗大紅色梁柱成爲了很多水鳥的築巢地，她不小心驚到了築巢的野鴨，突然發出的鳴叫把妍齡嚇了一大跳。

大自然就是會給人這種驚嚇，還是虛擬世界好，一切按照自己的規劃。必要時還可設定靜音，所有的聲音會化爲字幕。

從水面可以清楚地看到黃色的屋頂上，零星坐著一對對賞月的人，他們是還不適應虛擬生活的高地人，一輛輛飛行車懸空停泊在旁邊，這裡位於湖區，卻又和湖區的人有所區隔，因爲有飛行車的人不會住在湖區，住在湖區的人買不起飛行車，所以也無法攀爬上這些屋頂，湖區的人會躲在屋頂下面，看著那些從高地來的人，羨慕他們彷彿古代人羨慕神仙。

她停下車癡癡地看著這些神仙眷侶，在虛擬世界裡湖區人和高地人才有平等的機會，即使連線不穩，只要線路良好時，仍可以和高地人有不錯的互動沒有人會知道你是湖區人。

只有在虛擬世界，才有眞正的平等。

只有在虛擬世界，妍齡才覺得自己活得有尊嚴。

妍齡曾打算賣掉房子籌措點錢搬到高地，然而，這點錢在高地租房子可能一個月就花光了，要買只能買到一間廁所。

另一方面，母親和父親都無力接濟她，因爲老人中心不能讓子女同時入住。若不是那個獎的委員在虛擬世界中看到她拍賣魏雨繆的遺物而和她聯絡，她也不知道何時會有脫貧的一天。

妍齡眞的錯估魏伯伯的影響力了，一個每天都在她身邊打轉的老頭，有什麼好特別的？

他說的故事妍齡都聽了千百遍，除了母親和她說的那件事之外，妍齡還對魏伯伯在封筆之前寫的最後一部小說《危險關心》很感冒。那部小說從一個女孩的角度，記述著父親和一個奇怪的伯伯之間曖昧偷情的事，隨著事情明朗，小女孩卻覺得越來越無法承受這樣的衝擊。

魏伯伯在這部小說中還狡辯說女孩的父親是愛著伯伯的，別人當成小說看的東西，在妍齡眼中卻如同報導文學，事件的細節妍齡都感到莫名熟悉。

妍齡曾爲這件事質問父親，他們之間眞的有什麼嗎？那時衰老的父親雖然頭腦還很清楚，卻已經乾黃枯瘦萎縮如一具侏儒，實在很難得知究竟是因爲哪一點值得魏伯伯對他癡迷。

父親淡然地說，我到現在也不知道我們之間的狀態算是什麼，但是這都已經不重要了。我只知道我無法眞正離開他。這和他的形象沒有關係，我看到的，已經不是表面的那個他了，他之於我是已經不用警戒的存在，是日常的低限値，一個不會注意到他存在的對話者。這是習慣，我會將我遭遇到的喜怒哀樂全都和他說。

妳大伯可以幫得上忙的地方很少，但我還是會和他說，即使他只是皺著眉頭，想不出解決方法，或即使我早就得到適當的答案了，我還是想聽聽他的意見。

這和他每次寫出作品就一定要和我分享是一樣的意思。我和他分享生活，分享食物、分享家庭、分享一切，當然，也分享妳，如果這一切只是分享，根本就不會有妳的疑問出現，我在他的作品中四處見到我的影子，但那影子像我而不是我，那是他眼中理想的我，他在作品中四處暗示，但我很明白，我達不到他所要的，他也明白，我不需要達到他想要的。

至於妳現在最關心的母親，或說妳重新關心的母親，我可以明確告訴妳，我的的確確曾經愛過她的，她曾經是十分重要的存在，但是愛的感覺無法持續，我需要的是分享者，而不是一個耗費精神去愛的人，我寵壞她了，一直央求妳大伯想辦法幫我追到她，導致她對我的愛的索求源源不絕，當我厭倦這一切時她反而毫不饜足，認為我對她的感情淡了。我無法從她那裡得到理解，自然會回到我習慣的人身邊。別忘了，我和他本來就是兄弟，我承認這一層關係，我不會去計較這件事情是如何發生。因為，這是既定事實，我和我兄長感情好是無可厚非的事。

妳不需要從我這裡得到任何的答案，我只須強調，我無法定義我和他之間眞實的狀態，也沒有一個詞彙能定義，因此，我姑且服膺於這段稱之為「兄弟」的關係，在這種稱謂下，我是最自在的。

我可以多說一些妳想知道的，他還在的時候，每週總有個兩三晚會到彼此的房間，兩者並肩入睡，我允許他適當擁抱我，我也喜歡這樣適當的擁抱。在阿拉伯世界裡，男人和男人也經常手牽手或互相擁抱。他還在上班時曾經和我抱怨，公司安排的成長課程老是要他和陌生人互相擁抱，他無法忍受這種奇異的狀態，和一個以後可能是你競爭者或是上司，總之，向一個將來可能處於對立面的人掏心掏肺之後又互相擁抱。他無法掏心掏肺，只好編造各種故事不斷說謊，再打電話和我抱怨。那時我和妳母親正要成親呢。

我允許他藉由擁抱我消除成長課程對他的心靈所造成的壓力，我也喜歡他抱我，擁抱是一種眞正的心靈交流，我們的心各自在對方無心的那面胸膛共振，互相對等，沒有主從，這是造物主眞正賦予人類的對稱，若從上而下俯視一對互相共振的男人，你可以看到一個眞正的太極，兩顆心臟，就像太極的兩個點互相對望，這是兩個人才能完成的和諧，我喜歡擁抱到最後，兩個人的心跳和呼吸同步的感覺，這種規律是一種無比的安全感。

這不是男與女可以達到的，男與女，構造不同，無法達到和諧的對稱，達到的是互補，是對另一性別的羨慕和鄙視，包含競爭和對立。有性生殖的基本概念妳應該很清楚，就是創造出對於潛在環境壓力有競爭力和抵抗力的個體。

我很高興我兩者都得到過，但這不是妳大伯眞正的願望。他到中年後對我更是無所顧忌，他大方和我炫耀，他到哪裡和幾個男人苟且，他被多少人崇拜，他享受光輝燦爛接二連三的高潮。這不是我所要的。我要的是地平線般平靜，我害怕危險的生活，他能給我最好的東西就是陪伴，所有令人激動的事物只要經過他就會在我心中緩和。他得遵從我的意志，遵從我的理想，遵守我的和諧，如果他打破那層和諧，我再難過也會離他而去。

至於言語我倒不在乎，他說的話和他寫的小說都是假的，那是他的理想，不是我的理想，我沒有義務幫他達到。

我們都是彼此的全部，只是定義不同。

妍齡回憶這整段話時感到恍惚和迷離。爲什麼在記憶中父親告訴她的事，陳述的聲音卻非父親高亢若太監的嗓音，而是魏伯伯低沉的呢喃？埋首於工作的父親像一張扁平的紙，只有二維的存在，換一個角度就看不見了。她第一次完整知道父親對魏伯伯的想法和互動，然而魏伯伯已經過世了，無從對質。

當今世上，只有父親能對魏伯伯的感情下定義，其他的人都是外人，父親才因此對妍齡說那麼多吧？

還是這只是魏伯伯小說中的一段對話？魏伯伯的小說對我們的生活定義太

多，往往讓我不知道孰眞孰假？那我記憶中聽完這段話時所流下的淚痕，難道僅是魏伯伯小說中的一行短短幾個字的描述嗎？

妍齡呆看水面，困惑不已。

當前幾乎是妍齡最走投無路的時候，也剛好是在這時接到了江先生的訊息。

江先生是魏伯伯生前最後合作的出版社的編輯，那時，所有的書籍產品幾乎都已數位化，閱讀習慣受到很大的改變，魏伯伯的出版品很多也數位化了。

江先生說，那個讓《理想家庭》得到國際文學獎的基金會最近要幫歷屆得獎人規劃一座博物館，虛擬博物館需要文物的眞實影像爲基礎，這些文物還受實體收藏家青睞。他們喜歡骨董文物，當然這都是有錢人的玩意兒，經過整理後的手稿遺物都有被拍賣的可能，而且他們要舉辦的可不是在虛擬世界中的拍賣會，他們可是委託實體拍賣公司舉辦的。因爲妍齡是魏雨繆的遺產繼承人，因此希望她能提供所有可以公開的手稿資料，或是以合理的價錢賣給他們，讓他們處理。妍齡聽到錢就問多少，在聽到魏伯伯遺物價值後，她在心中引燃了好幾串鞭炮。而且江先生估計，至少百分之九十以上的遺物可以比底標高上十幾倍的價錢拍賣出去，妍齡大樂，就先答應了拍賣會的事，還說好拍賣的價錢要抽成，賣剩的再給博物館估估價，一併賣給博物館收藏。

和江先生用不停雷格的虛擬處理器談完後，她發現自己正發抖，她一時無法分辨是高興還是難過，她只知道自己總是不捨得扔（也無從拍賣起）的那一箱箱文稿，終於有積灰塵之外的用途了。

魏伯伯留下來的東西，有他各種版本的小說和創作初版及外國翻譯本，每次重出版就會留下一本，另外有各種評論簡報，最珍貴的莫過於文稿了。魏伯伯以電腦寫作，但是他的習慣是將文稿列印出來用各種顏色的筆修改，每部作品通常留有三到四份的修訂稿。最大量的手稿，是魏伯伯的筆記本和日記，筆記本裡面殘留很多零碎的句子和小說綱要，日記則用異常潦草的字跡寫成，難以辨識，或許連他本人都無法全看懂，看得懂的部分，又往往讓人感到不舒服。

接下來是私人信件，魏伯伯很古怪，除了聯絡事情用電子郵件之外，他通常都用筆寫信，收到他實體信的人很倒楣，他會求回信的人用筆回信，可惜的是魏伯伯留下來的通常是別人的回信，而他自己所寫的信件原件都不知道到哪了，幸好大部分魏伯伯都有留下影印稿，大概是怕忘記自己說了什麼（眞是未雨綢繆啊）。

還有各種未發表的雜文，譬如給他母親寫的訃聞（印出來刪刪改改好幾回，有筆跡，即使沒署名，仍可以相信是他的作品），或是一些曖昧不明寫一半的情書（怎麼看妍齡都覺得寫的對象不是爸爸）、一堆古地圖收藏和攝影的作品。江先生還說，他送給妳的東西妳覺得自己不方便保管也可以給博物館，妍齡第一個想到的，便是這本日記。

這本日記，足以揭發魏伯伯各式各樣在家裡的醜行啊！

高地都市在遠方天際線閃耀，那裡散發出光明讓她以為天已經開始亮了。明天過後就可以到那裡看房子，把這一切都拋在腦後。

她就成仙了。

然而妍齡卻不小心迷路，夜晚的湖區沒有燈，憑著月光可以看到的，卻是那一棟棟鬼氣森森的大樓，飛行車在天上呼嘯而過，她覺得好危險。她滿頭大汗騎了好久才找到回家的水道。

妍齡把車停好，整個大樓漆黑一片，又斷電了，她摸黑上樓，回到家裡，聽到女兒的嗚咽。

「嘿，乖寶寶，妳醒來多久啦？」女兒回答不知道，起來看到黑黑的，又找不到媽媽。

妍齡把窗簾拉開，月光照進來，彼此都可以看到身影。

「媽媽去買東西吃，妳要不要也吃一點兒？」看到食物，女兒不哭了，點點頭，妍齡拿紙把她眼淚鼻涕擦乾。

兩個人邊吃邊看著灑在地上的月光，「沒想到月光那麼亮喔？」妍齡問，女兒瞇起眼睛，又快睡著了。

11 她

她不知道這個女人是誰，突然出現在眼前令她猝不及防。

所有的偽裝頓時卸下，得以證明，那些十分表面，「妳是誰？怎麼進來的？」問話的當下，她想到自己平時本來就不鎖門。

「我看門沒鎖，就自己進來了。」

「妳是魏雨繆的媽媽嗎？」那女人接著問。

她垂下眼。

（妳要向我述說和他發生的什麼事情嗎？）

「妳不認識我，我是魏雲天的老婆。」

「妳找我有什麼事？」

（我知道妳一定看到那本書了，我也看到了，阿國只是一枚棋子。）

（沒有比被自己的兒子出賣更令人心寒了。）

「我明白妳也是受害者，我質問過魏雨繆，什麼也問不出來。」

「嗯。」

（沒有人能從他嘴裡挖出什麼東西，一切事情，都只能從他的作品裡尋求答案。）

「我已經懷疑了很久了。我本來眞以爲他們是親兄弟，他老是說『他哥』，他哥還幫他追我咧，後來，我看他們的出生日期太接近才起疑的，想想自己也眞笨，兩個人長相差太多了，怎麼可能是親兄弟。」

「嗯，的確。」

（是生母也沒用，血緣正是他所要反叛的，對他而言，是沒有意義的。）

「我常問自己我有比他差嗎？我做錯什麼嗎？明明是魏雲天主動追求我的，爲什麼當魏雨繆一踏入我家大門就情勢逆轉呢？」

「我曾以爲我只是他們兄弟證明能力的試驗品。但是，魏雲天說絕對不是如我所想的那樣，可是，我不知道如我所想有什麼不對。」

她端詳了眼前的這個女人，即使怒氣沖沖，五官仍顯十分秀氣，透著知性的美感。「妳很美。」她說。

（親愛的，這不是妳的問題。妳沒有錯，如同我，也沒錯。）

「眞的嗎？」那女人的表情軟化了下來，竟抽抽噎噎地哭了。

「他從來沒有這樣坦率地稱讚過我……」女人繼續說著。

阿國也從來沒有眞正稱讚過她。

當年若阿國眞的這樣說她也會覺得噁心吧，當時的男方能給予女方安定的生活，逢節日能出去遊玩，過年陪女方回娘家，就是做丈夫的本分。甜言蜜語是小白臉才需要耍的嘴皮子，她對自己的外貌很有自信，根本不需要阿國的肯定。

她從來沒想過阿國需要用話語證明他們之間的愛情，「他們共組了一個家庭」的事實就是一切的答案。從小阿國就是個沉默的人不是嗎？獨自在籃球場展現青春勃發的肉體。他後來受了訓練能在教課時滔滔不絕，但回到家後仍然一如過往般沉默。

後來她才發現，她喜歡的，就是阿國那份沉默，事情做就是了，否則像以前打工上班的那個渾小子，整天纏在身邊碎嘴，眞是煩死人了。

（家裡的白熱燈泡或日光燈管壞了，他默默搬梯子去換，門軸鬆動了，他拿著螺絲起子去修，椅子的插梢鬆動了，他拿著槌子猛力敲幾下，椅子就還可以繼續坐三五年，電視畫質不清楚，隨手拍幾下又回復原來的清晰，小孩不聽話，棍子敲下去，哇哇哇，事情也解決了，床上欠缺運動，睡不著，蹭他幾下，猛地一個鷂子翻身，撲到她身上，哼哼啊啊一陣，兩人又都睡得著了。）

傳統安穩彷彿農業時代，她常常懷念所有的一切都循著既定的默契走著，那默契是分散又集體的，每個家庭都各自關著門做著同樣的事，縱使他們的原生家庭在某些時刻歪斜成另一種狀態，但是她堅信當家庭的齒輪卡進他們這代時，還是可以扶正的。

後來她才知道，還有一種情況：調情的時候。

同情的苦果。知道宋先生被撕票後，她有空便會到宋太太那邊幫她度過情緒低潮，這其中當然有贖罪心態，她的弟弟竟然是共犯，她表面冷靜，心底卻紊亂如麻，她不知道弟弟涉案程度到底多高，會被如何判刑。她去找宋太太一方面也是爲了自己，她需要有人能互舔傷口，這人不會是丈夫，他雖然不說，但她知道丈夫對她的兄弟沒有好感且有距離，他們也不爭氣，有時避難還避到她這個女人家裡。阿國看弟弟被抓，心底恐怕有暗自高興的成分吧。

可是弟弟畢竟是親弟弟，就算再怎麼十惡不赦，她還是希望他能全身而退，因此更加深面對宋太太時的矛盾。

宋先生發生財務危機後，是宋太太出的主意，要他和地下錢莊的人借貸，她也相信先生不過是一時失誤，度過後公司應該馬上就有起色了。

如果沒有這個餿主意，老實和銀行借，就不會發生這個問題了。宋太太啜泣著，自責的女人，標準希望對方同情的姿態。

她不知道怎麼讓宋太太從自責的心態中脫離，就分散注意力吧！兩個婦人最容易的話題便是談論自己的孩子。她從小雨口中得知他和雲天在中學時期常常一起去運動，宋太太說，雲天雖然成績一直名列前茅，但是體育就是很不好，他老擔心體育課，他們的體育老師很凶，把雲天的壓力搞得很大，妳家的雨繆體育好，就常不厭其煩地教他投籃推排球打羽毛球桌球游泳，測驗長跑前，雨繆還天天陪他跑操場呢。

我都不知道耶，我以爲他們都很愛運動……

哎喲，我有帶小點心去探過班，你們家雨繆也眞有耐心，我看搞了兩個小時，雨繆都滿頭大汗，雲天還是不知道怎麼帶球上籃，他不厭其煩一直教。雲天從小身體就弱，他頭腦好，分散了我的注意力，讓我沒好好關心他的體能，他這個藥罐子，一條小命能好端端懸著就已經謝天謝地，我只注重藥補食補，就讓他的運動神經如此衰弱了下去……

唉呀，聽說雨繆他爸從小就帶他去運動，所以養成一副好身體，雲天的爸（哽咽）整天忙生意，根本沒時間陪他，我又要做家事，而且，運動我最不在行了……

眞的，我以爲小雨最沒耐性了，要他等一下就不耐煩。

好朋友吧，這次眞的很感謝妳讓雲天住在妳家，眞的很不好意思，發生這種事，後來我想，他們手段那麼狠……（低頭啜泣）還好你們家沒有發生什麼事，如果你們遭殃，那我眞的不知道該怎麼辦。

（我弟弟就是共犯，最危險的地方就是最安全的地方呀。）

雲天在我們家有氣喘發作過，我小時候也有，我父母花好多錢，買了冬蟲夏草和花旗參給我治好了，你們也可以試試。

啊，這麼名貴的藥材，要是以前聽到，花多少錢都可以買給他吃，可是，我現在是負擔不起的，老實說，我還不知道等這點積蓄花光後，我和雲天要怎麼辦……

公司還繼續經營嗎？

員工都走光了，我也不知道該如何經營，事情都是我老公在決定的啊……

她不知道怎麼接話。

有天阿國要去東北角野柳郊遊，她就決定邀他們母子同行，雨繆當然很高興，阿國那天說的話，也明顯增加了。

兩個小的一下車一溜煙就走老遠，三個老的在後面慢慢走，快到那堆蕈狀岩時，兩個又氣喘吁吁地跑回來，要三個人評評理。

「嘿，他長得很像林添禎耶媽！」雲天指著雨繆說。

「哪有，我比他高壯，也比他好看多了吧。」雨繆不甘心。

「像個英雄沒什麼不好啊。」她說。

「我不要當英雄。」如果英雄身邊沒有心心相印的人陪伴，終究也是個孤獨的雕像罷了，如果可以，他願意拿自己的所有換取雲天對他的感情，雨繆想。

等到一行人經過雕像時，父親說，你擺個和他一樣扠腰的姿勢，讓我們來比比看吧。

的確有幾分神似。雨繆哼了一聲，雲天很得意。但當走到女王頭時，父親卻發出罕見的讚嘆：「嘿，宋太太，妳今天的髮型，和女王頭有點像耶。」宋太太怕熱，把頭髮高梳成一個髻，連削尖的側臉都很像。

她覺得怪怪，不常稱讚別人的阿國一旦說起話來，她反而替他不好意思了。

「不好意思，我先生不太會說話。」

「如果這女王頭可以給妳帶回家做紀念就好了。」阿國繼續說。

「哈，這東西砍掉應該可以賣不少錢喔，妳家的公司搞不可以敗部復活了。」她嘻嘻哈哈地說。她沒注意，宋太太聽到時臉色一沉。

說完，她又自言自語繼續說：「呵呵，阿國就是這樣，愛開玩笑。」她頓時覺得自己矮了一截，人家是女王，自己只是公主。

「這女王頭眞的快不行了。」雲天接話：「你看她脖子愈來愈細，到時候就像旁邊這些蕈狀岩，會一個個倒下的。」

「那時候再幫妳搬回去好了。」阿國說。

「呵呵……」她陪笑著，心裡卻老大不高興，阿國沒有允諾過她什麼東西。

宋太太只是遮著臉淡淡地笑著，雙目低垂看著自己移動的腳尖。

印象中宋太太並非如此寡言。

逛完了海邊，阿國說要就近吃海產，她很高興，這是她來的主要目的，結果宋太太紅著臉說：「不好意思，我吃海產會過敏……不過沒關係，我看你們吃就好。」

「那怎麼可以，那我們吃點別的好了。」阿國以十分熱切的口吻說著。

「這……」她連贊成或反對的意見都無法表達，就被丈夫向後甩示意她別多嘴的手勢封口了。她覺得很怪的是，宋太太今天一反平日大剌剌的說話習慣，變得斯文又小家碧玉。

「你爸今天話太多了點吧。」她小聲地和小雨說。

「沒有啊……」小雨笑著說。

搞了半天，選定的幾家餐廳，都在宋太太禮貌的婉拒後放棄了，她有點火大，挑什麼挑，大家都快餓死了，又沒人要妳付帳，省什麼啊。

妥協的結果，是麥當勞。

「搞什麼鬼，出來玩竟然吃麥當勞，給你哥哥姊姊聽到一定笑死。」她小聲地和兒子抱怨。

後來她才知道，選麥當勞也沒什麼好傻眼的，吃飯的當下才真正讓她傻眼。

宋太太說什麼，阿國竟然都照做。

「聽說薯條沾聖代很好吃，要不要試試？」宋太太終於開了金口。

「上次看到有人把酸甜醬加到紅茶裡，看起來很好吃喔。」宋太太用狐媚的眼神挑動眉毛。

「可以試試看奶昔加炸雞的碎屑喔，嘗起來有異國風情呢。」宋太太接著說。

……

這下連雨繆和雲天也不禁傻眼，他們在玩什麼大冒險遊戲啊？

阿國都喜孜孜地吃了，還稱讚她很有創意。

宋太太卻開心地笑了，說：「整你的，還那麼當真。」

「不不不，真的很特別，老婆、小雨，你們要不要也試看看？」阿國雙頰鼓脹還拚命說話噴渣活像隻倉鼠。

她從來沒有那麼陪笑過。

或許是老公走了有點寂寞吧，下不爲例，絕對不要邀宋太太一起出來了。
後來她爲了展現自己的大方，每隔幾天就去探望她，但宋太太的態度卻益趨冷淡了。
「妳是幫妳弟弟來監視我的嗎？蛇鼠一窩，要不然誰知道妳還對我們家安什麼心眼？」有天，宋太太終於說了出口。
（啊她知道了。）晴天霹靂，到底是誰和她說的。
「幸好還有人有良知，告訴我實話。」宋太太紅著眼眶冷冷地說。
到底是誰在挑撥啊？我若沒有良知，我就不會來探望妳啦！
後來她讀到《理想家庭》裡〈關上燈的房間〉這章時，不禁慘然一笑。
……曹先生閉上的雙眼中，浮現的卻是向太太崩潰的神情，原來自己出軌的丈夫，是被婚變後最要好的朋友的表姊妹所勾引的，而這位好朋友在當時，竟然還是她表姊妹的軍師。
然而她竟然可以在這幾年中，如此不動聲色地對自己噓寒問暖、抱在懷裡安慰？向太太一想到此，更是背脊發涼，又抽噎起來了。

曹先生所掙扎的是，他不了解自己的所作所為，出賣自己的妻子，到底包含了多少眞正的正義感，或只是爲了示好的投誠。他曾經看過一篇國外的短篇小說，篇名很誘人，叫〈偷看他人做愛者的漫遊〉，裡面提到一個丈夫在海邊美麗的松樹林子裡看到一對男女做愛，回去後卻急著要帶他老婆也去那個松樹林，卻怎麼也找不到了，只好笑稱自己在作夢，那老婆很輕易地接受了這個說法，她說，你夢見了一個美麗的地方，然後醒來後想帶我去，那不是很美嗎？但丈夫覺得，如果他眞正愛著老婆，這個夢裡，應該只有那美麗的松樹林，而沒有別人吧？

如果他眞的渴望正義，那應該是帶著老婆一起來認罪吧。

他難道從沒料到向太太的崩潰嗎？不，他這些年期盼的，就是這臨門一腳，好讓她可以完完全全地信賴自己，倚靠自己……

這樣的女人，是唱著鄧麗君〈千言萬語〉歌詞中的女人，每次偕同妻子和她在KTV小聚，她總是會點這首歌來唱，然而她的眼淚總是沒有方向，老婆在，他的肩膀也無法讓她倚靠，不過，從今而後，他不會讓她再唱這首哀怨的歌了。

人不是他殺的。他心想，雙手沾染血腥的，是兒子。他第一次感到沒擔當的快樂。

該是思考如何退場的時候了。

……曹清憶則興奮地無法入眠，有生以來，他第一次清楚地掌握著自己的命運，而不是事事都得順從命運的安排。父親找他前，他已經先和向明儀偷偷說過這件事了，向明儀聽了，似乎有點難過，但是父母離異已經有一段時間了，只有在母親的淚水中，他才會感覺到失去父親的寂寞，他畢竟也是個大學生了，許多親情相關的事，也比較容易放得下了。

向明儀和曹清憶說，怎麼不早說呢？你難道害怕我們之間的友情會因此瓦解嗎？

曹清憶抿著嘴唇點點頭，角色似乎互換，在平常，向明儀才會看起來如此羞澀。

向明儀嘆口氣說，上代的恩怨，不要帶到現在，更何況，你媽媽一定是站在她表姊妹那邊的，你媽媽也不是和我爸外遇的人啊。他們現在生活也還好，我多了兩個妹妹，我有的時候會去看看我爸，反正，我們年紀也不小了，每天和父母相處的時間也不多，他是不是和我們住一起，也沒太大的差別了。清憶，不要太在意這件事了，我們是好朋友，是永遠的好朋友。

曹清憶仍然哭了，這不是演戲，這是他最想聽到的承諾，他沒料到，這個承諾來得那麼突然，那麼快，向明儀拍拍他的肩膀，有點笨拙地擁抱了他。

曹清憶的心中再也沒有別的想法了，這次的時間點已經過了，他會再找機會和他說明白的，有了這承諾，他就心安了，遲早有一天，明儀會知道自己的苦心的。

他相信，和母親很親的向明儀，遲早會忍不住和向媽媽說的。

我不會將仇恨帶到我們之間的，我只會善加利用，那天離開向明儀後，曹清憶自言自語地說。

今天，父親帶他到書房，悄聲地說，是不是你和向媽媽說那件事的？哪件事，父子都很清楚。他搖頭。父親再問，那是跟明儀說了，是嗎？他點點頭。

父親點了點頭，下唇咬住上唇，給了他一個「一切都要浮上檯面了」的表情。

曹清憶突然興奮了起來。傀儡戲偶從細線糾纏的箱子中翻出來了，準備上場。火車從機場滑入軌道了，鳴笛準備啓動……

和《理想家庭》所述如出一轍，她盡心盡力幫宋太太度過情緒低潮期，結果自己的丈夫，卻接續她未竟的角色，幫宋太太度過情趣的低潮期。在〈祕密計畫〉這個曹清憶自述的篇章中，她終於知道他們藉著什麼時間相見的。

……我在課業上，總是離不開向明儀的協助，向明儀最大的罩門，體育，還是得找我幫忙。

上了大學，向明儀選到體育課的老師是教籃球的，他對這最頭痛了，對於自己成績又很在意的他，於是約了我到籃球場幫他練球。

我料到了向媽媽會來探視，於是便找父親一起去球場。明儀看到我父親，態度突然變得有點拘謹，畢竟對曾經教導過自己的長輩還是有無法太自在的禮貌。

只有我們兩人的話，我都會做球讓他投，可是父親不會，上了球場，他就像個中年過動兒一般，以爲在球場上的人身手都很好。傳球搶球運球都是用全力，明儀幾乎被晾在一旁他也沒發現。

我對他聳聳肩，做了個「沒辦法」的表情。

之後，有人來了球場，我們三個就組成一隊，和其他人鬥牛。我又要顧球又要看著明儀，眞是左支右絀，但我知道，這完全是值得的，果不其然，向媽媽遠遠地送點心來給我們吃了，當然，她沒料到，我父親也在。

這只是我製造的其中一次邂逅，後來明儀想和父親討論一些科學相關的問題，我硬是安排父親到他家拜訪，耗了一個下午和晚上，我還知道向媽媽有個姪女住在附近，將要上父親任教的國中，那姪女的母親想要把她安排到人情班，我便直接讓他們三個大人自己約出去聯絡⋯⋯

幾次後我知道，他們已經會私下跑到咖啡座聊天了，後來母親自己也推了一把，去南部旅遊，還主動邀請向媽媽，那次旅遊，向媽媽幾乎沒有和母親說話，母親自己似乎也覺得怪⋯⋯這完全中了我和爸爸的心思（即使父親不知道我也是這樣想的）。

……明儀那時大概只感覺到，母親有點變了，他這人，除了課業上的細心，外在世界的感受力，實在缺乏得很。我已經在那次旅遊的晚上醉眼惺忪地和他說過了我對他眞正的心意，他似乎完全忘記了他對我的承諾，和他把我看成兄弟而已，我憤怒地回了他「兄弟是嗎？好，沒關係，我們遲早會成爲眞正的兄弟！」之後，我們便各自擁著棉被入睡，第二天隨大人們尷尬地回家，那時，父母的婚姻似乎還有挽回的機會，因爲母親也只和我抱怨她對父親的懷疑，也說過向媽媽對她愈來愈冷淡的情形，然而卻沒有把兩件事連在一起，父親又很小心，幾乎沒留什麼把柄給母親抓到，但是憤怒又羞愧的火焰燃燒著我的心，我要讓他永遠無法脫離我，我們永遠會被某種關係牽連在一起，他是逃不走的，於是我就特地安排了幾次的目擊事件，接下來，就是眞相的集體崩盤……

這對母親應該是三重的打擊，第一，她和向媽媽之間建立的「療傷者」和「撫慰者」的關係，瞬間破裂。第二，她多年來彌補的自己先前向表妹獻策的過錯，以爲丈夫會幫他保密，以爲對方不知情，結果這件事，瞬間被攤在陽光下被審視。第三，她原本幸福美滿，還有餘力同情別人的家庭生活，看來是要瓦解了。

她眞的知道推動這件事背後的力量是我嗎？不知道。

父親和向媽媽算是二度結婚，場面並不大，但仍拍了一組婚紗，在小型的餐廳宴請賓客，有個簡單的結婚儀式。

沒有事先聯絡，在婚禮的準備上，才見到了向明儀，他應該早就知道母親要結婚的對象是誰了，卻也沒主動和我聯絡，想必是能拖過一天算一天。

我和他尷尬地揮了揮手，他也回了禮，父親此時在我身後推了一把，說，好傢伙，你們現在不只是朋友，也是兄弟了，眞眞不錯，我想我們這個家，應該還是很好的吧。

被喜悅沖昏了頭的我，心中已經完全沒有母親的位置了，這場婚禮毋寧說是父親和向媽媽的，還不如說是我和明儀的，準備時，他也試著和我交談，我怎麼會拒絕他？我的回應讓他感受到完全沒有距離，他也馬上回復到我們原先的樣子。

我和他都西裝筆挺地觀禮，沒有伴郎伴娘，沒有花童開道，也沒有牽著向媽媽手入場的她的父親。

我的父親直接挽著向媽媽的手入場，全場屏息，我稍微將身體靠向了明儀，想像著我們的入場，主婚人問他們願不願意接受對方時，我小小聲地喊著，我願意。

是的，明儀，你是我全心所願，有了你，我別無所求。

我想，這段期間，他應該也很苦惱這樣的冷戰吧，沒關係，寬宏大量的我，是可以原諒他的一切行爲的。

從那天起，我們眞正成爲一家人，向明儀遵從母親的要求改了姓，成爲了曹明儀，此後，不論對內對外，我們的關係，就此底定了。

「我以爲結了婚，生了小孩之後，什麼都可以穩定下來……」那陌生女子泣訴。

她以悲憫的眼神望著她，撫摸著她的臉頰，輕輕地用食指在她的唇前按了按，讓她先安靜了下來。

「丈夫和妻子，都是隨時可以改變的，妳是他生孩子的工具而已。」她終於做出了比較長的回應。

「不需要指望孩子對妳忠誠，血緣並沒有任何實質上的幫助，血緣關係在反噬的時候，會讓妳措手不及。」她繼續說。

「可是……」陌生女子似乎還想說什麼，但是她示意女子，不用再說下去了。

「我什麼都知道，孩子。」她嘆了一口氣說：「我們只是在他的小說裡，被犧牲掉的兩個微不足道的配角罷了。」

12 宋妍齡

沒有比夜晚，還更能讓妍齡想起大伯了。

有了孩子後，每晚她都會唱大伯小時候教她的阿美族搖籃曲哄著女兒入眠，她完全不知道歌詞的意義，但是她聽自己唱著這首歌，不論孩子或她，心情都能得到安穩。

這些年來，她還是那麼抗拒回憶這些事情。

今夜不同，該是道別的時候了，妍齡卻連一瓶酒都買不起，如果她的虛擬處理器有食物處理功能的話，她便能上虛擬世界的酒館沽酒，眼前要呈現什麼風景都可以，北海道的雪景、關島的海、埃及的金字塔，現在她連望梅止渴的上一上虛擬酒館的辦法也沒有，停電啊，虛擬處理器，還是得靠電來維持的。

她只能吃著洋芋片發呆。

在虛擬世界待久了，現實世界看起來實在很反常，虛擬世界是平的，沒有地平線的問題，如果身在一個虛擬城市裡，一眼望過去，可以看到好遠好遠，虛擬世界裡的物品，看起來雖然很眞實，但永遠保持最新最乾淨的狀態，永遠不會有汙點和塵土產生，她擁有無數的選擇，可以選擇用走的、用跳的、用飛的，以到達目的地。

她在虛擬世界裡是多麼自由啊，人和人之間保持最遠也最近的距離，遠的是，你不能百分之百知道和你交談的人到底是何方神聖，你和他都是平等的，近的是，因爲陌生，你可以和每個人訴說你的不幸，甚至可以扮妝成自己所喜歡的角色和別人接觸。在虛擬世界中，看到兩個瑪麗蓮夢露走在一起爭妍鬥豔，看到五個比爾柯林頓在虛擬酒吧和美麗女人搭訕，看到七個王菲在虛擬歌藝競賽中拚聲音，是很正常的，這些扮妝只要賺到一些虛擬貨幣，就可以擁有一段時間的虛擬身分，你也可以選擇用各種不同混合的打扮，因此，更多在路上看到的是牛頭人身、虎皮豹紋、長著翅膀的、三個頭的、埃及神祇等各式各樣的怪物和人物走來走去、飛來飛去、爬來爬去。

虛擬世界也提供虛擬靈魂服務，你可以自行從一百種腳本中挑選修改，在使用者不在虛擬世界時，程式可以自動以亂數配對加上使用者平日的慣用模式，自行操控使用者的虛擬角色，腳本使用愈多，別人愈看不出虛擬角色背後到底有沒有人在操控，有趣的是，聽說很多人在操控時，那虛擬角色反而比沒操控時看起來更死氣沉沉，讓路人還以爲那人沒有靈魂（對於操控者不在時的術語）呢。

因此，有好多人肉體死亡後，只要當初的腳本設定夠多，角色還是在虛擬世界中活蹦亂跳的，只是再也不能承諾任何事了。不過妍齡覺得這樣更迷人，沒有承諾就有負擔，和這種沒有靈魂的角色勾搭上，虛擬性愛還是可以照來，完全不用顧及對方的設備和情緒，反正軟體都幫忙設定好了。維持人類日常生活習慣的事物，其實比想像中簡單。

反觀現實世界，觸目所及，都是醜惡，都是髒亂，都是死亡，都是負擔，都是責任，都是不完美。

比如說，她若有「幻遊47」，吃洋芋片，手就不會髒了。

當前，因爲翻閱日記的緣故，她的雙手沾滿金粉，她竟然忘記了這件事，反正也無所謂，她遂一根一根指頭，將洋芋片的碎屑和那些發光的粉末舔乾淨。

她突然怕死了起來，她在虛擬世界的腳本還沒設定多少個，難道她要毫無個性地套用模組嗎？她有個願望，在她未來肉體消亡前，她一定要修改一定數量的腳本，讓女兒永遠可以在虛擬世界中有她的陪伴，現在女兒那麼小，她也還沒完成足夠的腳本，怎麼可以就先毀壞自己的身體呢？如果有「幻遊47」，在心情低落時，就可以不斷地體驗虛擬自殺了，聽說這種心理治療的方式對於負面情緒有顯著的功效。

她也要把自己最美的模樣留給女兒，爲自己開鑿七竅。

她想到了魏伯伯說的故事。

「倏忽」，她默念著，混沌解開的瞬間，就是謎底揭曉的時刻，風雲變色，再也沒有轉圜的餘地了。

不是這樣的，她抗拒著，現在是虛擬時代，任何事都有轉圜的餘地了。

如同她終於看懂《理想家庭》在寫什麼時，她知道，她的童年，已經徹底和她決裂了。

當身邊事物的發展有個清晰的脈絡和邏輯可供對照時，如何叫一個女孩相信，這些只是文字？

她目前的腳本，都是對這部小說的反叛，她要在個人的虛擬世界的歷史中，完完全全創造出一個和樂美滿的成長家庭，而不是這個只有大伯和父親的畸形家庭。

她還要給女兒一個完美的虛擬父親，她還要有足夠的腳本創造出一個虛擬父親，讓女兒擁有高級虛擬處理器後，可以在一個正常的家庭下成長。這是她的理想家庭，這是她的願望。

這一切都是支撐著她活下去的動力，也是支撐她販賣魏伯伯所有遺物的動力。

有點難過的她，抬頭，看到天色微明，窗外已透進了靛青色，要天亮了，她的心情開始逐漸好轉，雖然她已經很累了，就這樣撐一天吧，今天過後，就可以高枕無憂好好熟睡了。

她興沖沖地開始準備拍賣要做的事情，卻沒有發覺，門鎖不知不覺中被撬開，兩個彪形大漢慢慢移動到了她的身邊。

等到她回神時，來不及尖叫，腦門就被重物大力地敲了下去。傷口太大了，血液從來沒那麼自由自在地逃離主人的身體。

女兒沒有被驚醒，仍然熟睡著。

等到天色大白時，她這間小套房裡，能搬的都已經被搬空了，包括魏伯伯的遺物、老奶奶的立燈、寶物盒、棉被、枕頭、桌子椅子電話虛擬處理器冰箱……以及她最最親愛的女兒。

沒有人會發現妍齡的屍身，這棟大樓的人不多且早就老死不相往來，她的屍身將在這個空蕩蕩的套房裡化爲白骨，她的虛擬角色，因爲腳本太少，反而會被人家認爲，嗯，這應該是有靈魂的人。

如果老奶奶的理論是對的，妍齡現在應該正若無其事地發現自己睡了一覺，拍拍身上的洋芋殘渣後，便叫醒女兒，送她去上學。這時電來了，她現在卻不想用虛擬處理器了，她在書桌前靜坐了一會兒，撤下心防，把事情好好大致上記錄了一番。隨後梳妝打扮（她好久沒在眞實世界裡盛裝了），江先生會帶著幫手來敲門，並將最値錢的拍賣品載運到會場，之後，如願得到了一大筆錢，剩下的，便半捐半賣地給了博物館。

她再也不用擔心自己將會流落異鄉當女傭，和女兒骨肉分離了。

她將和女兒在高地城市買下一棟房子，接父母親來同住，他們享受了舒適的晚年，讓她的家庭享受遲來的完滿。此外，她終於擁有一台高檔的「幻遊47」，每次虛擬處理器升級時，她都可以汰換新機種。女兒一定會受到高規格完整的虛擬教育，不用每天提心吊膽地接送她到危樓上學。女兒還會有個人在遠方但是近在虛擬處理器中的虛擬爸爸，這爸爸是完美的，完全依照妍齡的需求和腳本打造，等女兒嫁人後，也讓他們兒孫滿堂，不虛此生，含笑而終。

一定是這樣的。

致魏雨繆書

雨繆：

好久不見。你消失這麼多年，沒想到我居然還有機會看到你的小說作品，而且是由你姪女妍齡改寫的版本，很意外，也很想念曾經關於你的一切。

我對妍齡小時候的長相沒什麼印象了，只記得你弟弟雲天的模樣。幾週前的假日，我在Costco例行採買日常生活用品，瞥見那熟悉的微胖男子身型，當下即認出是雲天，他正站在冷藏櫃前，低頭反覆端看手裡一大包家庭號溫泉蛋，遲遲未放進購物車裡。雲天身旁站一位嬌小女子，遠遠望去，我以爲他和他太太重新復合，走近打招呼時，才發現是剛上高中的妍齡。

自從幾年前你人間蒸發，我即未再與雲天和妍齡見過面，在量販賣場巧遇時主動打招呼，只是想探問他們有沒有你的消息。雲天見到我，尷尬傻笑並微微皺眉，我知道他忘記我的名便主動提醒，雲天聽了連連點頭答是，向妍齡介紹：他是徐伯伯，你大伯以前寫小說的創作文友，以前妳見過，但那時妳年紀還小，不知道記不記得？當時妍齡沒有接話，戴副銀框眼鏡的她，面帶微笑、目光直直盯視著我，點頭應答一句伯父好，表情語氣謙和恭順，動作舉止顯露優等模範生般的乖巧神態。後來我和雲天互相詢問是否有你消息，沒有，這麼多年過去，你的親友們仍舊不知道你究竟去了哪裡。

那次巧遇後，隔幾天我收到妍齡寄來的mail（我不知道她爲何會有我的e-mail），說她想起小時候曾見過我，並且讀過我的小說，覺得也許我能夠瞭解她的創作，希望我給她一些出版上的意見。那封mail的夾帶檔名稱，即是多年前你曾給我們這些文友看過部分內容的長篇小說名：《理想家庭》。

我點開妍齡寄來的小說，第一頁即令我震驚：竟是消失的你爲這部長篇小說所寫的自序。我再繼續細看，原來是妍齡假冒了你，代你撰寫自序內文，並且以你爲小說主角，甚至也直接將她自己和雲天都編寫進去。你原來的長篇創作，在這部作品裡成了「小說中的小說」，引用的內文似乎沒有更動（但居然連小說裡的小說也莫名多了一篇假評論序言），改變的只有裡頭人名。

你以前並沒有給我們看《理想家庭》的全貌，只說還沒寫完。我還記得你給我們看的那些部分內容，敘事結構頗爲龐大繁雜，故事情節一層覆過一層，後來這部作品隨你消失，小說最終掀開的究竟是什麼，這些年來我們無從得知。然而這個問題，我卻在姸齡的版本中，看到可能的答案。

姸齡的創作極具企圖，敘事內文橫跨三個世代：以你父母爲主角的昔日眷村時期、以你和雲天爲主角的當代此時，和姸齡自己所演出的虛幻未來。三個世代的敘述篇章彼此交插鋪陳，以不同人物視角、不同年歲時態、不同敘述維度（小說／小說裡的小說／幾乎成爲小說的訃聞）之相異途徑，共同往家族史傷痛來由的最終核心探進；紛雜歧路穿疊交織，漸漸譜出故事原委的前因後果：竟是一己之執念，使這三代各自的情節發展坍塌歪斜？由血緣與親情關係連結組成的家庭圖像越見崩潰瓦解，而小說裡縱跨時空的各式複雜情感，卻如交纏繩索打出一個又一個的死結，結結相連，在文字語句中，連構出一座難以動搖的、可容納不止這一家人的，牢固城堡。

於是分別描述三個世代，不僅止解釋劇情來龍去脈而已。

在妍齡的小說裡，每個世代都有追求「理想家庭」的嚮往，但各自對於「理想」的認定標準與達成方式並不相同（過往眷村靠貼身肉搏獲得實際成果、當代靠文字書寫在語意世界裡實踐理想、未來靠科技設備在精神國度裡虛擬實境），其間所共通的，是對自由、平等、尊嚴的追求，只是在每個世代中，那嚮往的執迷意念有時過於接近迷亂瘋狂，於是無法被當下他人所容。

我覺得妍齡彷彿在建立三種不同時代裡的共同案例，然後組合成一種可以漂浮在時間之上的永恆存在，即是「理想家庭」此概念的共通模型。於是這三個世代對於「理想家庭」的追求，並非組構成一部進化過程，而是同一套基本架構的故事情節重覆上演；不同世代、不同角度的敘述並存，不僅連串起一則家族傷痛史，更是彼此交相疊映成一幅「理想家庭」的共同圖像：

呈線型時間發展的家族史漸漸失去邊界，整部小說成爲過去、現在、未來的三代同堂，名符其實地成爲「理想家庭」的眞正所在。

如此的小說結構深度，以及小說裡調度的過往神話（包括那些簡直猶如幻術陣法般展演的各式蟲類生態知識、藝術家傳奇生平、死亡場景百科……）、那些有點復古老派風格的未來場景（敘述字句常流連在昔日黑白底片、燈泡、塑膠製品、日記本、寫字，甚至水上腳踏車……），實在讓我難以相信：這部《理想家庭》會是由初上高中的妍齡所寫成。尤其小說裡還描寫不少你的生活情節與心理轉折（雖然是眞是假我分不太清楚），這些都讓我不得不猜想：眼前這部小說，其實是由已經消失的你所寫成。

而正當我想和妍齡詢問我的困惑時，她已再寄來第二封mail，詢問是否方便和我約個時間討論這部小說，我便答應和妍齡約了一次單獨見面。

再次見到妍齡，她才剛下課，身上還穿著高中制服（是深綠色的北一女校服，首次見面認定她是資優生的直覺看來正確），坐在連鎖咖啡店的角落，低頭喝著飲料。我向前走近，她抬頭微笑，問候一聲伯父好，仍舊溫和有禮模樣。

我坐下之後，妍齡先是講了一些不好意思打擾到我時間的客套話，緊接著即問起我對這部小說的意見，神色表情頗熱切，彷彿小說眞是由她所創作。我不禁有些納悶：若眞是妍齡所寫，她看來怎會好似對小說中直接描述你、雲天和她自己的種種內容完全無感？彷若她書寫的是與實際生活毫無相關的閒雜人等，否則怎能如此若無其事地詢問相識劇中角色之讀者：作品寫得如何？而問題不管如何被回答，其間又怎能區分答案裡的好或不好指的是小說？還是人生？

我沒有回答姸齡，只說：我曾經看過這本長篇小說的部分內容，是你大伯寫的，被直接引用在這部小說裡了……講完後我刻意停頓，靜靜觀察姸齡表情，但她似乎覺得裡所當然，說你在消失前曾將所有作品交給她處理，所以她就直接引用了。她還重述小說裡的部分情節，口氣篤定地說：就是以那種方式交給我的。

我問：這部小說究竟哪些是你大伯寫的？哪些是妳寫的？

姸齡歪著頭，彷彿這問題從來不是困擾。她說她分不清楚了，可能是你寫的，也可能都是她寫的。然後姸齡恢復正色，又再問我一次：所以伯父，你覺得這小說寫得怎麼樣？

我很難形容當時感受。我覺得姸齡根本不想理會我的問題，她關注的重點不是這些現實層面的種種考量，而是作品在藝術成就上的高低。我又再問姸齡：之前在mail裡提及這本書將要出版，那要掛誰的名？姸齡毫不考慮地立即回答：當然是用雨繆大伯的名字發表。

至此，我實在忍不住提醒：裡頭描述妳大伯、妳爸爸，還有妳自己的部分內容，有些負面，現在要用妳大伯的名字發表，好像不太妥當吧？

妍齡的表情，彷彿聽不懂我的問句，又或者她聽得懂，只是並不在乎。她身軀向前傾，銀框眼鏡下目光彷若燃有火燄般地望著我，口裡喃喃說著：但這是個好題材吧？寫起來應該會是一部好小說吧？如果不這樣寫的話，實在很可惜阿……

在未成年的妍齡面前，頓時我感到莫名的害怕恐懼，並且想起這部小說裡幾段令我汗毛直立的驚駭語句：

我是毀滅的淫媒，介紹毀滅給世界，卻佯裝知書達禮……我的理想是毀身以敗家……

我要逃離墮落的索多瑪又眷戀著那地方，我不停回頭，發現除了我之外，身邊每個伴隨著的人，都因我的回首而成鹽柱，我既歉疚又欣喜，並無法克制地沾著那些珍貴的鹽品嘗。

定有大好的前程等著我，只要我能持續寫下去。

整座完好無缺的地獄等著我，當我繼續走下去。

我一時不知該如何接話，僅能與妍齡那佈滿狂熱與天眞的神情無語對望。

妍齡見我沒有接話，沉默一會兒後，漸漸恢復優等生的得體儀態，口氣溫順有禮地詢問起有關小說出版的相關問題，甚至邀請我爲這部作品寫一篇序。我仍舊不知如何回應，彷若失語般支支吾吾；妍齡的眼神始終直直盯視著我，眉心微皺，但嘴角同時微微笑著，好像在透露什麼訊息，卻苦惱著爲何暗示半天我仍是無法理解？那時我只想先迴避當下情境，於是草草回覆我會想一想之後再做決定。

會面之後，我久久困惑於妍齡爲何能像個「局外人」般處理你們之間那若虛似實的複雜關係，且爲何妍齡對於你的一切能夠如此瞭解？彷彿她與你之間兩者無所界線，並且以相同的靈魂，在不同時代裡輪轉翻滾。忽然我意識到什麼，連忙打開《理想家庭》重讀一次。讀後我終於感到釋然：

雨繆，原來你沒有離開。

你一直都在，在漂浮於時空上方的理想家庭之中。你以小說裡所引用的生物科學「幼態持續」方式存在，不需跨越成長之高聳城牆，在結構中永恆擁有孩童狀態的一切。

我翻讀著《理想家庭》，彷彿看見你以持續不變的幼態模樣，層層穿越著物質實相、文字語意、科幻虛擬的大千世界。你已不會再被時光一分一秒不斷減去，於是，在現實世界裡不斷被光陰向前推行的我們，回頭望向停在原地的你時，所看見的，即是你亦在小說裡提及的「返祖現象」：迷戀上不曾活過的年代、時間溶解在血液中流傳給下一代。小說文字裡，舊時代的印記漸漸浮現：你小說裡的人名：曹清憶、向明儀，甚至眞實人生裡你姓魏、雲天姓宋，中間均是中國各個古朝代的名，應不是巧合而已。

所以，雨繆，我明白你沒有離開。那些難以在現實世故中存在的任性與天眞，莫名堅持著難以理解亦不需被理解的偏執與癲狂，都僅能藉由幼態持續且不斷返祖的型式，才能繼續。我靜靜閱讀著，明白終將衰老的我無法望見永恆，也明白了：原來妍齡即是你的延續存在。

如此體悟之後，我回了封mail給妍齡，告知她我不太方便幫忙，請她再邀其他人寫序。

拒絕妍齡後，我忽然很想寫封信寄至你的e-mail信箱，給已經消失的你，或者說：給正在繼續使用這個信箱的，某個我不知道的你。

我想說：我明白自己害怕恐懼的原因，也清楚知道爲何拒絕妍齡。因爲我能意識到：自己體內也有一個不知什麼名的他者，也有一些任性至極、傷天害理的自私願望，殘酷地認定：即使用整個世界的崩塌毀滅，來換取自己一時歡快的欲念滿足，對我而言，都是划算至極的合理交易。然而，在這個現實世界的我，必需世故，必需忽略某些部分的自己，才能順利在人際網絡中生存下去，於是我不能承認我體內有一個如此的「他」，承認我隨時會因爲某個意念的堅持與偏執，而造就成千成萬難以挽救的愚行結果。

雨謬，所以你必需消失，你必需停在世故之前，然後，替換成另一種形式，繼續存在。

我的確如此相信：聰穎的你，已在一個能夠讓你安頓行囊的理想地方，享受著你小說裡所言之的「美妙的孩子氣」。而我是如此爲你歡喜；我望向那永恆境地，此刻我感覺如此貼近你，那麼近，近到彷彿我已能明白自己。

你永遠的好友　譽誠

文學叢書 339

理想家庭

作　　者　賴志穎
總 編 輯　初安民
責任編輯　洪玉盈
美術編輯　林麗華
校　　對　吳美滿　賴志穎　洪玉盈

發 行 人　張書銘
出　　版　INK 印刻文學生活雜誌出版有限公司
新北市中和區中正路800號13樓之3
電話：02-22281626
傳眞：02-22281598
e-mail：ink.book@msa.hinet.net
網　　址　舒讀網http：//www.sudu.cc

法律顧問　漢廷法律事務所
劉大正律師
總 代 理　成陽出版股份有限公司
電話：03-3589000（代表號）
傳眞：03-3556521
郵政劃撥　19000691　成陽出版股份有限公司
印　　刷　海王印刷事業股份有限公司

港澳總經銷　泛華發行代理有限公司
地　　址　香港筲箕灣東旺道3號星島新聞集團大廈3樓
電　　話　(852) 2798 2220
傳　　眞　(852) 2796 5471
網　　址　www.gccd.com.hk

出版日期　2012年11月　初版
ISBN　978-986-5933-41-8

定　價　260元（平裝）

國家圖書館出版品預行編目資料

理想家庭／賴志穎 著；
--初版，--新北市中和區：INK印刻文學，
2012.11　面；　公分.（文學叢書；339）
ISBN　978-986-5933-41-8（平裝）
857.7　　101020342